# 淡雪の解ける頃

にしうら妙子

*Taeko Nishiura*

民主文学館

光陽出版社

淡雪の解ける頃　目次

# 淡雪の解ける頃

# Ⅰ　青春

# 淡雪の解ける頃

「裕ちゃん、一講目終わったら、堀川氏のアパートに電話して起こしてくれない。『音楽取らなかったら、昭和四十一年度も留年かな』なんて言ってたの。起こして音楽ですよって言ってくれればいいから」

一講目の授業に出かけていく裕二に声を掛けながら、私はガリ切りの手を止めたままでいる北沢の鋭い視線を背中に感じていた。

「北沢君、講義出ないの。それ、後でいいよ。一年目でしっかり単位取っとかなくちゃ」

「今日は休みます。まだ一度もさぼった事ないから」

追及を拒否するような言い方に、私はそれ以上いう事はやめた。迫っている全道の教育科学研究会のために、私は、今、どうしてもガリ切りをしなくてはならなかった。しかし、サークル部室のどこを探しても、肝心の四ミリ原紙が見当たらなかった。

「北沢君のところに四ミリ原紙ある」

「いえ、僕の使ってるのが最後です。買ってきます」

「いいよ、私が行くから」

「いや、僕が行きます」

＊＊＊

北沢は、入学後三カ月目くらいに、勝治に誘われて会員になった。教員になることを目指しているものが多いこの大学には、それぞれの専攻のゼミナールのほかに、体育系は勿論、人形劇とか、演劇とか、語学関係、ダンスなどたくさんのサークルがある。

教科研の略称で呼ばれる私たちの会は、各国の教育史や、教育学者の理論研究、各地域における子どもの状況、教育政策や内容、各教科毎の指導内容や方法、児童心理、学級集団の指導など、各自の研究課題を持ちながら、サークルとしては共通のテーマを掲げ、定期に会誌を発行しながら活動を続けている。

それらの成果を、全北海道、全国で発表しあう、教育系学生ゼミナールというものが年一回開かれていた。この冬は、全道の教科研大会を私たちの大学が受け持つことに決まっていた。

二十四、五名の会員を率いる私は、たった一人の一年目で、真面目な彼を急速に引き上げようと力を入れていた。会員の交流ノートを見せながら、仲間に溶け込む手助けをし、持っている本を貸し与え、図書室や市立図書館の本も紹介したりした。

国語専攻の彼は、教師になるための研究に情熱を燃やし始めた。空き時間や放課後も部室に顔を出し、専門書もよく読んで、的確な質問をしてきた。

それでも、ふざけるときは適当にふざけて、やはり一年目だと思わせる面があるのに、突然大人のように振る舞い、それがまた不自然に見えないという一面を持っていた。何より納得したことは素直に認め、実行に移す活動的なところを重宝がられ、たまにしか登校しない六年目の堀川にまで名前を覚えられ、みんなに大事にされていた。

サークルの例会以外に、三、四年の古株連中で任意に行う飲み会や、喫茶店でのフリーディスカッションにも誰かに声を掛けられて参加していた。そして、名指しで意見を求められる以外は、黙って、しかし興味深げに話を聞いていた。

半年任期の会長を二期務めた私は、一月の教研が終わるまでと、任期を四か月ほど延ばされた。会員のほとんどが、四年目の私を「親分《ボス》」と呼び、教科研の準備にはそれなりの個性や特技を生かして、取り組みにあたってくれていた。

北沢は、それまでも私の身辺にいて手伝ってくれたり、論文について意見を求めて来たりしていたが、急速に近づいてきたのは、現地体制で事務局次長になってからだった。事務局長の裕二と北沢と私は、絶えず連絡を取り合い、学内での仕事や、他の大学との連携を進めていった。

十一月の中間打ち合わせの時も裕二に代わって、北沢が札幌に行く事になった。札幌行きは、女子大の代表二名と四人で列車の一角に座り、男一人の北沢をいびりながら札幌へ向かった。北沢は同年齢の二人と結構楽しそうにしていて、私はむしろ聞き役でよかった。

開催校という事で、私は議長を務め、各校の取り組み状況やレポートの提出締め切り、来年度に向けての方針提案の骨子、札幌の提携校であるN小学校の教員との連絡方法など細目を決め、その後、各校の代表者による事務連絡を終えたのは八時過ぎだった。

女子大の二人は、一汽車早く帰って行ったので、札幌の伊藤会長が

「二人とも遅くなったし、分かれて寮に泊まったら。コンパでもやりませんか」

と私たちに勧めてくれた。

「北沢君、どうする。私は明日一講目の松本さんの哲学受けたいから、遅くても帰るけ

ど」

「まさか。旭川についてからバスもないのに、ボス一人で帰せませんよ。僕も帰ります」

「いいのよ。たまに会費のタクシーで帰るから。泊まって、道都の大先輩方のご意見でも拝聴してらっしゃい」

「いや、いいです」


ウイークデイの夜汽車は空いていて、暑すぎる暖房が息苦しくなるほどだった。

空いている一ボックスに並んで腰かけ、資料を見ながら帰ってからの報告文書について打ち合わせをした。そのうち車内の空気に同化して、北沢がホームで買ってきたピーナツをつまみながら、他校の取り組みや動員の状況、我がサークルの弱点や心構えなどを話し合った。パラパラと乗っていた他の乗客のほとんどは、眠っているか本を読んでいて、静かな中で声を潜めての会話だった。

北沢は、全道の中心的な仲間に接して多少興奮気味だった。私は知る範囲で、各校のリーダーたちの研究内容や、これまでの教研大会での彼らのエピソードなどを話した。彼は、いつもの早口で、もっと会員を増やさなければとか、議長を務めていた時はいつものボスの何倍も大きく見えたとか、頬を紅潮させて話していた。

右の窓枠に載せて、私の右腕を支えていた肘が外れて、ハッと目が覚めた。ガタンと列車が止まった。いつの間にか眠ったらしい。窓ガラスに顔を付けてみたが、暗くて駅名は分からない。雪も降っていないようだった。

「どこ」

「奈井江あたりかな。列車待ち」

そう答えて、北沢は優しい目をした。私は夕べ遅かったのと、行きは女子学生との同行で全く眠れず、会議慣れはしていても、よその大学のことでもあり、かなり疲れていた。

知らない間にまた眠ったらしい。今度は何のショックもないのに、また肘をはずして、本前につんのめりそうになった。さっと北沢の手が伸びてきて、横から私を支えた彼は、目を読んでいた風でもなく、眠っていたようすもなかった。私はきまり悪さも手伝って、目をしばたき、ついでにウインクをした。北沢は、笑いながら手を元に戻し、落ち着いた声で、

「僕の肩でよかったら、旭川までコーヒー一杯で貸しますよ」

と、また優しい目をして言った。その目を見返した私は、ひどく素直な気持ちになって、ためらいもなく、

「うん、じゃ、借りる」
と、座りなおして、北沢の肩に頭を預けた。そして、旭川の近くで彼に揺り起こされるまで、知らずにぐっすり眠っていた。

私たちは、駅近くのたまに仲間で行くスナックで、コーヒーならぬ水割りを二杯ずつ飲んだ。彼は、あまりしゃべらず、私も黙っていた。本気でおごるつもりだったのに、支払いは肩を貸した彼がした。あまり持ち合わせのなかった私は、正直言ってありがたかった。

店を出るとき、北沢は疲れているようだから車を呼ぼうと言ったが、それは私が断った。彼は親からの仕送りを受けていて、私よりは楽そうだったが、これ以上、北沢の負担を増やすのは嫌だった。

結局、四キロほどの道のりを歩くことになった。体の中はアルコールで暖かだったたし、雪は降っていなかったが、さすがに外は冷えた。
「変なことになっちゃったね。でも、夜中の散歩も乙なものよ」
文書を詰め込んだ大きめのショルダーバッグを背負うようにし、左手は半コートのポケットに突っ込んで、私は北沢より少し遅れて歩きだした。

北沢の背丈が高いことは知っていたが、これまでしみじみと観察したわけではなかったし、興奮すると頬を紅潮させて早口になることと、しっかり目を見て話すことくらいしか印象になかった。その背中がとても広く、大きく見えて立ち止まった。

いつもに比べて寡黙な北沢は、後ろを振り向くと、

「疲れたんじゃないですか、僕が持ちます」

と、私からショルダーバッグを取り上げ、自分のと一緒に肩にかけると、左腕を差し出した。私は、今考えていたことが見破られたかのように戸惑い、とっさに彼の腕に右腕を預けた。

彼は
「ポケットに手を突っ込むと、もっと暖かいですよ」

と、おどけ気味に言った。

私は、頭の片隅で、アルコールのせいだろうか、と考えながら言われた通り、北沢のオーバーのポケットに手を突っ込み私に歩調を合わせる北沢と手を組んで、ゆっくり歩き始めた。

手編みのぼっこ手袋を通して、そんなに早く温かみが伝わる筈もないのに、北沢のぬく

もりが感じられるように思えた。

時折、タクシーや大型トラックが通るくらいで、市街地を過ぎた通りに人影はほとんどなかった。


考えてみれば高校時代からずっと文通を続けている誉之とは、腕を組んで歩いたこともなかった。H大を出て、神奈川の大手電気会社に就職が決まった時、彼は、五年待ってほしいと言ってきた。その後も文通は続き、寮の仲間から伝わったらしく、何となくまわりは結婚するものと決めているようだった。

両方の親同士は、母子会で、私たちが知り合う前から行き来があった。だから、大学へ入った誉之から手紙が来たとき、安心感と同時に、私自身も同じ大学へという希望があったため、ごく自然に、そして幾分のあこがれもあって文通は続いた。

親どうしは、密かに喜んでいるようだった。そして私も周りの人たちの思いを否定はしなかった。

H大へ行けなかった私は、奨学制度とアルバイトで行くことを約束して、四年制のこの大学を選んだ。

旭橋の中ほどに差し掛かった時、サアーと吹き上げてきた石狩川の川風に思わず体を縮めた。私が考え事をしている間中、北沢は無言だったが、私が体を縮めたとたん、組んだ腕に異様な力が加わり、私は、北沢の胸に強く抱きしめられていた。彼の胸の鼓動を感じながら、抗いもしない自分を、どこかで認めようとするもう一人の私を感じていた。

しかし、北沢は、

「ごめん」

と言うなり、吹っ切るようにショルダーバッグを反対側に掛け直し、反対側に移ると、私を引っ張るようにして橋を渡り切った。その足早な速度は変わらず、私は小走りについて行かなければならなかった。初雪がところどころに白く浮かびあがって見えた。

寮の前まで来ると、ショルダーバッグを黙って両手で渡し、何も言わず下宿の方へ去っていった。

私は、北沢の目に見据えられているようで、しばらく彼を見送るでもなく、その場に立ち尽くしていた。

電柱に張り付いたような裸電球の光が寒さに凍えていた。

その後、サークル内での北沢に、以前のような快活さはなかったが、真面目に出てくる事はそれまでと変わらなかった。

　私は時々あの夜の彼の目に会い、なるべく二人きりにならないようにした。しかし、何かで二人になると、北沢は私のために気を使った。仕事の忙しさに加えて、卒論の仕上げもしなければならなかった私は、家庭教師の口を一つ、ゼミの下級生に譲ったため、経済的には大変だった。彼は、食堂からおにぎりを買ってきたり、果物やお菓子を部室に運び、印刷などは私のを取り上げてやってくれた。私は、気になりながらも、北沢のそんな優しさに、どこかで甘えている自分を感じていた。

＊＊＊

　北沢は、原紙一箱と、パンや牛乳などを買い込んでくると、ストーブの傍に机といすを運んで、私のガリ切りの場所を作り、準備の進行状況について話した。部室は隙間だらけで、燃え盛るルンペンストーブの傍だけが何とか暖かだった。オーバーを着たまま、各校への連絡のガリを切り、北沢とはなるべく普通の状態で話すように心がけた。

「まったく、相変わらずのボロ部屋だなあ」

　入口の戸を外してしまった堀川が、やっと戸を入れ直して入ってきた。私の机に北沢が

置いたパンを勝手に頬張りながら、ストーブの傍に陣取った堀川は、教研の進行状態を聞き、

「北沢、お前一年目だろう。ちゃんと単位取っとかないと、俺みたいになるぞ」

と、北沢に向かって言った。北沢は、ちょっと目を上げて笑みをもらしただけで、またガリ切りを続けている。彼は、レポートの清書をしていた。

堀川は今度は私に言った。

「今晩、空いてるか。ちょっと付き合え」

「今日、家教（家庭教師）なの。八時半くらいにならないと終わんない」

「コザックに来い。どうせ、碌なもの食べてないんだろう。今日、世論調査のバイト料入ったから、少し栄養つけてやる」

「うん、家教一つ譲ったから、正直、金欠病なの」

「今日は一人で来い。ちょっと話もあるから」

「あ、そうだ。裕ちゃんから電話行った？　起こしてって頼んだんだけど」

「バイト料の入るときは早起き、早起き。さあて、音楽の講義でも拝聴してくるか。そうだ、いつか、ピアノの特訓してくれないか、実技試験があるんだ」

誉之の友人である堀川は、来た時と同じように、部室の引き戸にてこずりながら、授業

を受けに出て行った。

　九時近くにコザックに着くと、すでに堀川が注文していた料理が運ばれてきた。堀川は、肉を頬張りながら、眼鏡越しに、

「誉之から手紙来るのか。あんた、どうするのよ。結婚するなら、腰掛みたいな就職はするな。子どもがいい迷惑だ。初めから神奈川の試験受ける手もあるけど、あの会社じゃ共稼ぎは無理だろ。どうするのよ」

「うん、考えてはいるけどね、そう簡単に結論は出ないのよ。今、何のためにサークル活動やってるかというと、教研成功させるっていうのも、結局はいい教師になるための下準備だし」

「まあ、それはそうだ」

「来年の課題は現場との提携だし、堀川氏や裕ちゃん、私なんかが、理論の実践化目指して頑張らなきゃ。後に残る会員だって、そのこと楽しみにしてるんだし。サークル作り上げてきた私たちの義務だと思ってる」

「まあな、あんたが会長になって会員も増えたしな」

「就職するよ、北海道で。それから考える。結婚するかどうかもまだ決めてないし。私も

彼も簡単に仕事から離れられないでしょ。それに、彼もそんなにせっぱ詰まってはないみたいよ。ミチの彼氏みたいに飛行機で会いに飛んでくるわけでもなし」

「そういえばそうだな。旭川には一度も来たことないいんだろ。あいつもな、ゴモゴモ言わせないように、かっさらって行きゃいいんだよな。あんなのやめて、俺に乗り換えるか。あんたみたいな八方美人にゃ、強引な男が向いてるんだぞ。そう思わんか。だけどな、何かいい方法はないもんかな」

冗談を言いながらも、彼はやはり誉之の友人だった。堀川は、誉之と同期で、私には高校の先輩になる。彼は、週に三回くらいの講義を受けるほかは、調査のアルバイトと、後は市立図書館にいるか、本屋にいるか、それとも映画館にいるか、下宿で寝ているかだった。その卒論の膨大さは、担当教官をも驚かせていた。堀川自身は、さぼり過ぎと言うが、落第などではなく、研究時間が欲しくて残ったのだと誰もが知っていた。

堀川は、私が疲れたころを見計らっては、食べさせてくれたり、スナックへ連れて行ってくれたりした。初めは堀川が私の相手のように思われたりしたが、今は特殊な先輩として通っている。誉之について話す以外は、サークルのみんなを誘って大盤振る舞いをし、お金が無くなるとまた働くという生活を続けていた。

サークルにとってはパトロンのみではなく、理論的背景でもあったから、集団討議などでは、呼び出されては助言役を務めていた。

「ところでな、裕が、北沢のこと言ってたぞ。北沢、どうかしたのか」

「裕ちゃんが、なんて」

「北沢が、あんたの事好きなんじゃないかって。もっとも、そんなことを察知するということは、あいつも怪しいもんだけどな」

「そーんなことないわよ。裕ちゃんは、本当にいい友達なんだから。そんな風に言わないでよ」

「それはあんたの考えさ。あいつは四年目だからね。四年間もあんたの傍にいるから、あんたに合わせられるだけのことさ。ノート貸したり、レポート書いたり、手伝ってやってるんだろ」

「私は、彼のやっている事、とっても立派だと思う。最近の状況じゃ、自治会活動なんかやっていると、就職難しいでしょ。だからこそ、やらなきゃならないんだけど、私も含めてみんなずるいのね。教師になれないいんじゃないかって思うの。私も、できれば母の近くに就職したいしね」

「うん、勤めるんならな」

「だからせめて手伝うくらいなら、って思って」

「そういう事が、ちゃんと通じているのか」

「うん、そう思っているけど」

「ところで、北沢……」

「うん、私も少し感じてる。こんなところで密談するの、北沢君に悪いみたいだけど、私は、裕ちゃんたちと同じように付き合ってるつもりなんだけどね」

そういいながらも、私は北沢の目を思い出していた。

「あんたのそういうところが罪作りなんだよな。そういうことに鈍いというか、気づいていないというところが、また事件でさ。俺のことだって、男だなんて思ってもないいんだろう。れっきとした男性だってこと覚えとけ」

「あなたは誉之さんのお友達……」

「おともだちだって、男なんだって、まったく。だけどな、あんたがそう思い込んでいるのが分かると、男の方も何となくそう思わされるんだよな、普通は。でもな、教科研の中にも、全道の大学の中にも、あんたがその気になれば、すぐおともだちじゃなく男の子になりたがってるのが、結構いるって事ぐらい認識しておけ」

堀川は、おともだちと変なアクセントをつけながら言った。

「いちいち女の子になってたら、何もできないでしょ。おともだちが一番いいのよ」

「わかってるんだな、やっぱり。女は怖いよ。まあいいや、それでだ、北沢……」

「割とスーと男の子の役やれる人なの。三つも年下なのに。それでこの頃あまり一対一にならないようにしてる。でも、仕方ないこともあるでしょ」

「変に期待持たせるな。あんたには、悪い癖があるからな。神通力の通じない奴だっているんだぞ。誉之にご注進しなくてもいいようにしてくれ」

「うん」

　応えながら、私は自分の狡さのようなものを感じていた。気づいていて、気づかない振りをする事は確かにあると思っていた。

「あんまり、サークルや、仕事に縛られんで、その気になったら誉之のところへ飛び込んでやれ。不器用だけど、いい奴なんだから」

「うん、でも約束まで、まだ三年あるからね。待ってるうちにお互い気が変わるってこともあるでしょ。それにね、この頃、彼は私の隠れ蓑かなって思うこともある。おともだちを作るためのね」

「うん、分かる。あんたを見てると、変に悟ったところがあってな。恋人がいるって感じじゃないな。誉之にちゃんと連絡するように電話するわ。今まで、あんたを監視してて、あんまり気になった事なかったんだけどな。帰るか、少し飲んでくか」

「堀川氏も男だって言うから帰る」

「バカヤロ、早く帰って寝ろ。少し疲れ気味だぞ。この間言ってた、ペスタロッチ借りに来い。進んでるか、卒論」

「うん、できたら見てね」


「もしもし、お待たせしました」

呼び出しを受けて、寮の公衆電話に出る。

「北沢です。『角』にいます。来てくれるまで待っています。ご迷惑かも知れませんが」

「あ……」

一方的に切れた受話器を耳に当てたまま、一度話した方がいいかもしれないと考えていた。

堀川に会ってから、無事に済んだ教研を挟んで二週間の間、努めて北沢とは二人きりにならないようにした。北沢は何か言いたそうにしていたが、私が忙しそうにしているのを見ると、特に話しかけては来なかった。

私はコーデュロイのスラックスに、いつものコートを羽織り、束ねていた腰までの髪をほどいてブラシを入れると、黒のベレー帽をかぶって近くのバス停に急いだ。

バスは混んでいた。暖房と体臭の入り混じった不快な臭いの中で、吊革にぶら下がりながら、どう話そうかと考えていた。

教科研を頼むと言おうか、それでは何の解決にもならない。私には付き合っている人が遠くにいて、もうすぐ結婚すると言おうか。私は北沢君と異性として付き合っているのではなかったと話そうか。それとも、あなたは何を求めているのかと、逆に聞いてみようか。それにしても札幌の帰りのことは、どうだったのか、自分自身にさえ納得のいく説明はできない。彼は何を話すつもりなのだろうか。考えているうちに四条に着いた。

喫茶店『角』は空いていた。階段をのぼりながら、アルトサックスの囁くような曲を思い出そうとしたが、分からなかった。入り口に立った時、心に不安定なものを感じた。隅の椅子に座っていた北沢は、すぐに立ち上がって迎えてくれた。

「こんばんは」

と言って私が座ると、北沢も腰を下ろし、

「ありがとう」

と、まっすぐ私の目を見つめて言った。

「どうしたの、北沢君。教研の反省会の時も、一次会で帰っちゃうし、今日だって役員改選の後、コンパやろうって言ってるうちにいなくなっちゃって。私たちはもう、お払い箱で、これからは、君達の出番なんだから」

「ボスも裕二さんたちも、卒業の話ばっかりするから」

「そりゃそうよ。教研は終わったし、役員も下ろさせてもらったし、卒業の目処も、泣きだけど何とかついたし、誰だってホッとするでしょ。労わってくれたっていいのに。北沢君だって、四年目になればそうよ」

「この頃どうして僕を避けるんですか。何か気に障る事でもあったのかって思って」

「避けてなんかいないよ。ずっと一緒だったじゃない。全道研、ご苦労様。一年目なのに本当によく頑張ったね。教研も成功したし、会員も増えたし、卒業前のいい思い出をみんなに作ってもらったって思ってるの」

「これまではみんなのボスだったけど……卒業しても時々会ってくれますか」

「うん、サークルの集まりには押しかけて来るよ、どこに行っても。それにみんなにも、私の現場の授業見てもらいたいと思ってるし」

「そういう意味じゃなく、個人的にです」

「北沢君、君は一回生でしょ。私は四回生。同じサークルで、一年近く一緒に活動して来た仲間じゃない。君はとても努力家だから、一年の間にずいぶん成長したと思ってる。でも、裕ちゃんや堀川氏、天ちゃんやヨッコや勝治さん、みんな同じ仲間だと思ってる。私は、いつでも誰のこともそう思ってきたわ。みんな大好きな仲間、それではいけない？」

「一回生だからどうだというんですか。一回生は四回生と付き合っちゃいけないって法律でもあるんですか。堀川さんは例外なんですか。何なんですか、僕は」

はじめ、いつものように私の目を見据えていた北沢は、右の手のひらを額に当てたま、うつむいて黙り込んでしまった。

幾度か話しかけようとしたが、適当な言葉が見つからず気まずく時間が過ぎて行った。北沢は、そのままの姿勢ですべてを拒否しているように見えた。

「北沢君、出よう。少し飲もうか」

ついに彼に負けた私は、それ以上そのことに触れず、卒論や文学の話などで、あいまいにその後の時間を過ごしてしまった。

前半、速いピッチで水割りを空けていた北沢は、ゼミの先輩がいるというイスラエルのキブツについて私に話した。

「子育てや教育内容にすごく興味があります。僕は卒論のテーマにしようかと思っているんです」

かなり具体的に、その合理性や文化水準、教育内容などについて話し、いつか実際に訪れるつもりだと熱を込めて語った。

結果的に私は聞き役になり、話を合わせて一緒に楽しい時間を過ごした形になった。

十一時過ぎて、タクシーで北沢を下宿まで送り届けたが、いつになく酔っていて、一人で降りるのが大変なほど足元がふらついていた。私は玄関口まで肩を貸したが、別れ際のすがるような目に会って、『角』で感じた不安定なものが、こんな結果で現れたことを後悔した。たとえ隠れ蓑であったとしても、誉之や、それを取り巻く人々を裏切っているようで嫌だった。そして何より自分のあいまいさが許せなかった。

次に電話が来たとき、二人では会わないということをはっきり告げた。

二月に入ってから私は、二、三日帯広に帰省した。

帯広の教育局に勤めている先輩に就職状況を聞き、ついでに母と相談し、誉之の母親にも会ってきた。帯広での就職は難しいようだった。どちらの母も、もう二、三年の事だから、帯広近辺の小さな学校にでも就職すればよいという意見だった。私は誉之との結婚を前提にしたその話に、特別意見も挟まず、どこかの小学校に就職したいと話して、旭川に戻った。

二月の旭川は、バスも列車も飛行機も、一切の交通機関を止めてしまうような猛吹雪に見舞われる日があるかと思えば、今朝のような見事な快晴の日もあるのだった。

早朝の街並みは、一面樹氷が朝日に照り映え、寒気は吐く息を白く凍らせる。石狩川は氷に閉ざされ、小さな足跡が広い川幅のほぼ中心に遠くまで続いていた。

旭橋から眺める大雪《だいせつ》は日々刻々と姿を変える。樹氷が美しい。青空に浮かぶ一つ一つの山の形は、それぞれに自己を主張し、私の無言の語り掛けにも応えてくれるように思えた。

もうじき、見られなくなる厳しい寒気の中の山並みに見とれながら、ぎしぎしという音を刻みながら、歩いて寮に戻った。

その夜、教科研の追い出しコンパが、町の中心のすし屋で行われた。諸行事の中でも、みんなが楽しみにしているものであり、会からもかなりの経費がつぎ込まれている。

天野の真面目くさった挨拶の後、「追放状」なるものが読み上げられた。奉書紙に毛筆で書かれ、それぞれの特色や貢献度を逆に非難し「よって、教科研を追放するものである」というのがお決まりの文句だった。

私のには「女だてらに大の男を顎でこき使い、知ったかぶりに長文をものし、うち続く金欠病とはいえ、雨の日も風の日も喪服をまとい、女らしくスカートをはくこともなく……」という調子で書かれていた。天野は、さっきとはうって変わり「雨にも負けず」調で読み上げた。たまたま私はその日、帯広帰りで紺のスーツを着ていたため、誰かの指摘で大笑いになった。

裕二も何とか卒業までこぎつけたが、単位認定のためのレポート書きが残っていると早めに引き上げて行った。

堀川は、希望していた離島から、仮の面接をしたいと言われて出かけていたが、時化で船が欠航になって帰れないと連絡があったそうだ。大スポンサーが抜けて、誰もが落胆の声を上げた。

「みなさーん、大丈夫です。さすが我がサークルの大スポンサー、『二次会は付けておけ』との伝言がありました」

天野が聴衆を静めるようにオーバーに手を振りながら報告すると、かなり酔いのまわった一同は、また大声で歓声を上げた。

最後は、厚岸出身の佐々木が、高校応援団の経験を買われ「フレー、フレー」と上半身裸で音頭を取って終わるのが慣例になっていた。

私の横には、泣き上戸気味の勝治がいて、

「ボスと別れるのは寂しい」

と、ぽろぽろ涙をこぼしていた。

『コザック』に流れて行ったのは、全道大会の準備を中心的に果たした十二、三人だった。

私は、勝治の話を聞き、なだめるのに時間を費やし、北沢は二年目の洋子に絡まれていた。みんなかなり酔ってはいたが、不快な酔いではなかった。会長が天野に代わってからも、みんなは私をボスと呼び、勝治との間に割って入ってきては、

「遊びに行くから泊めてね、ボス」

「しっかりやってくれ、ボス」

「これまでは威張っていても、これからが勝負だぞ、ボス」

しんみり言う者、肩をどんどん叩く者、握手を求めてくる者、それぞれに別れを惜しんでくれているのがよく分かった。

あれ以来北沢と会う機会は少なくなっていた。電話で断ってからは、どう思ったのか、入会した頃と同じように、明るくふるまっていた。私以外の会員とは、以前のようにふざけたり、議論をしたりしていたが、私には「ボス」と声を掛けてくることはなかった。それが当然なのに、私は一抹の寂しさを感じていた。

ちょうどその時も、気が付くと、北沢は私の方を見ていたが、そばには来なかったし、話しかけても来なかった。

『コザック』を出た時、寒さは緩んでいたが、暖かさになれた体を外気は容赦なく突き刺した。昭和通りを、こもごも固まって歩いた。相変わらず、私の傍には勝治がおり、前を行く北沢には洋子がぶら下がるようにしてくっついて歩いていた。天野が横に来て、

「女ボスにはかないそうもないけど、頑張るから」

と、ボソッと呟き、勝治を引き離すようにして連れて行った。

一行は歌ったり、叫んだりしながら、常盤公園近くまでたどり着いた。

ちょうど冬まつりの準備で、氷雪像が作られていた。追っかけっこをする者、滑り台に乗る者、それぞれ大声を上げながら、子どものようにはしゃぎまわっている。佐々木などは、お尻の濡れるのもかまわず、何度も滑り台から滑り降りては、奇声を発して喜んでいる。

そのうち誰かが「かくれんぼをやろう」と言い出し、まるで鬼は外の掛け声のように
「鬼はボスだー」

の一声で、私が鬼に決まった。

実物と同じように、真っ白な雪で作られた博物館のバルコニー下の柱に、子どもの頃と同じように腕で目隠しをして凭れながら、私は大声で三十まで数えた。

確かに博物館の中に人が入った気配がしたので、

「行くわよー」

と、声を掛けながら、精巧に作られた扉を押して中へ入っていった。子どもの頃、母や近所の子ども達と暗がりで遊んでいた。その頃と同じようにドキドキしながら、真闇に目を凝らした。雪明りでも、表では人の動きくらいは分かったが、巨大な建物の中に入ると、まったく何も見えなかった。扉が閉まると、音も聞こえなくなり、シーンとして闇に吸い込まれそうになった。

なんとなく不安になり、引き返そうと振り向いた瞬間、私は誰かに抱きすくめられた。恐怖と、その腕の強さに息が詰まりそうになりながら、私は、

「侑子さん」

という、震えているような北沢の声を頭上に聞いた。

一瞬の緊張がゆるんだ私は、思わず北沢にしがみつき、聞き覚えのある心臓の鼓動をその胸の中で聞いた。

「侑子さん」

北沢は、さらに強く私の肩を抱き、その激しい息遣いが、私の髪の間を通り過ぎた。私は体が少し震え、大きな熱い塊が胸の中をゆっくり落ちて行くような不思議な思いをかみ

しめていた。そして、ウイスキーの琥珀色を思いながら、北沢の口づけを受けた。

かくれんぼを終えた私たちは、また一団となって夜道を歩いた。勝治は天野に腕を取られ、時折怒鳴りつけられながら男子寮へ帰って行った。北沢は、途中から寝込んでしまった洋子を、女子寮まで背負って送ってきた。入り口で北沢から受け取った洋子を、他の寮生が玄関の方へ運び込むのを目で追いながら、

「重かったでしょう、ありがとう」

と、私は小声で北沢に言った。

「おやすみ」

そっと言った北沢の体全体から優しさがあふれ、上気した私を包み込んでしまいそうに思えた。そして街灯を背にした彼の表情は見えなかったけれど、瞳の中にあふれるような輝きを垣間見たような気がした。

洋子たちの後を追いかけた私は、同室の啓子が敷いてくれた布団に洋子を寝かせ、ルンペンストーブの入り口を少し開けて、冷えた体を温めた。

電気を消した室内に枕を並べた二人の寝息が重なって聞こえる。私は洋子の布団の足元に、そっと横になった。

ストーブの口から洩れる火が、暗い天井に明るい輪を作り、それが炎の動きでゆらゆらと揺れている。その揺らめきを見つめていると、

「侑子さん」

という北沢の声がよみがえり、さっきと同じ熱い塊が吹き上げてきた。

私はその波に身を任せ、北沢の唇や腕の感触を思い返していた。

その時、天井の輪が突然、大きく揺らいだ。同時に私は、飛び起きた。

いったい、私は何をしているのか。どうしたいのか。これから現場に出ようとする時期に、何をふらふら考えているのか。

堀川が言うように、気が付いていていながら気づかないように装ってみたり、誉之にさえ、自分から意思をはっきり示したことはなかった。言われるままに、了解しているようにふるまいながら、こんなことを考えている自分が許せなかった。

ボス、ボスと言われて、いい気になって、北沢のようにまっすぐに伸びようとしている後輩をなぶるようなことをしてはいけない。

はっきりさせなければ彼の傷は大きくなるばかりだし、私自身も、こんな気持ちでどこに行っても、子どもたちにはすぐ見破られてしまう。

教育実習で、出会った子どもたちは旭川市内のある程度恵まれ地域の子たちだった。

個々にいろんな問題を抱えながらも、子ども達は、学校というところへ、新米でも、実習生でも「先生」と呼んで毎日通って来てくれている。どんなところにも子どもはいるのに、自分の都合で親の近くとか、三年ほどとか、何を思い上がっているのか。

そして、決めた。今もまだ求めているのに、希望者が決まっていないような学校へこそ行かなければ。

私は明け方までかかって、北沢に分厚い別れの手紙を書いた。

学校も残り少なくなっていた。寮の荷物を整理していて、洋子に返し忘れていた本と、部室に置いていきたいノートが出てきたので、整理を中途にして、歩いて大学に出かけた。さすがに日中は暖かく、通りの両側の家々の軒下には雪の中を貫いていくように雨だれが音をたてて落ちていた。

多分、学生としてこの部室に入るのも最後だと、入口の引き戸を持ち上げ気味にしてうまく開けた。

中では天野が一人で謄写版を使っていた。

しばらくおしゃべりをして出た廊下の曲がり角で、ばったり北沢と会った。彼も戸惑った様子だったが、

「これ、堀川さんに返してくれませんか」

と、分厚い本を差し出した。私は受け取りながら、

「私、明後日、一度家に帰るから。まだ就職先の学校は決まらないけど、根室管内の小学校へ行くことになったの。いろいろありがとう。元気で頑張ってね、北沢君」

立ち尽くしている彼を残して、小走りに校舎の外へ出た。

思いがけず襲ってきた悲しみを振り切るように、ザクザクの雪道を長靴で踏みしめながら歩いた。込み上げそうになる涙をこらえるために顔を上げた時、後から追いかけてきた北沢が、

「明日の夜、八時に女子寮の外で待っています。もう一度だけ会って下さい。いつまでも待っています」

そういうと踵を返した。

翌日は夕方から雪だった。

寮生も、卒業生以外は、大部分が春休みで帰省していた。残った卒業生も荷物を送ってしまって、居残り組の後輩のところに潜り込んだりしていた。二十室のうち、四室ぐらいに固まっていて、外の雪とは対照的に、そこだけが明るく暖かだった。

私は、食事の後、十五室の育代たちの部屋にいた。単位の事、教官の悪口など、身振り

手振りを交え、大声で話し合っては笑い転げている。私は、一人机に座って、新聞を開きながら、聞くともなしに聞いていた。

八時になった。

私は眠ると言って十五室を出、寒々とした二十室に戻った。同室のゆかりは、プレゼントなどをくれて北見に帰省し、今夜眠れば、後は布団だけを荷造れば済むようになっていた。

がらんとした部屋に入って、目が慣れてくると、昔の軍隊の古い兵舎であったこの二階まで、家々の明かりが冬でも白いカーテンを通してほんのり浮かび上がってくる。

幾代たちの笑い声は、ここまで聞こえた。私は、その声に急き立てられる様に窓際ににじり寄った。

二十室は、鍵の手になった寮の入口の一番端で，寮の門のある市道まで十五メートルほどあった。寮の入口からも、市道の裸電球の街灯からも、遠く離れた中間点の二階の窓が外からは決して見える筈もないのに、カーテンの端をほんの少しだけ、めくるようにして道路を見た。

北沢は待っていた。いつものコートのポケットに手を入れ、ゆっくり街灯の下を行き来していた。黒い影が裸電球の下を通る時だけ、北沢の全身に雪が降り積んだ。私は、自分が雪に責められているような痛みを感じ、それは、北沢の黒い影の動きとともに一層増していった。

九時を過ぎても北沢は帰らなかった。彼は歩きまわるのをやめて、街灯の下の電柱に凭れて立っている。時折白い光の中で、時計を見やり、こちらを向くのが分かった。相変わらず、春の淡雪が電球の上の傘の範囲だけで、北沢の肩に、帽子に降り積もる。

春とはいえ、時間がたつにつれ、寒さが体中に忍び込んできた。座り込んでいた私は、窓際に立ち、同じ雪の冷たさと、北沢の痛みとを分かち合おうとした。手足から這い上がる寒さが、むしろ快かった。

十時きっかりに、北沢は、じっとこちらを見上げ、姿を消した。私はまるで見透かされてでもいるように、一瞬窓際から離れた。深く厳しい中に時折見せる北沢の寂しげなまなざしが、闇の中に見える気がしたのである。

雪はやはり光の中でだけ、斜めに降り続いていた。

翌日も雪は降り止まなかった。雪は春の温かみに出会って、やさしくはかなかった。それでも、雪解けとともに見え始めていたすべてのものを、そのはかない一ひら一ひらで美しく覆い隠していった。

私は、四年間過ごしたこの女子寮の中で、朝のうちに神奈川の誉之にも今の気持ちを伝え、見通しのない帯広への就職より、四月からと言われている根室管内の僻地校への就職を決めたことを報告した。そして、誰も希望しない小さな学校に行くということは、子どもたちから離れられなくなるかもしれない、と初めて自分の決意を書いた。

同時に人生の大きな岐路に、選択の道を与えてくれた北沢に対しても、心からの別れを告げたのだった。

私を怒りの対象として、大きく踏み越えて行く彼の人生の前途を心から願いながら……

＊＊＊

その同じころ、休校届を出した北沢が、時を経ず、イスラエルに旅立ったという事を、三か月以上もたって私は札幌の研究会で出会った堀川に聞いた。

昼休み時間、研究会場近くの喫茶店でコーヒーを飲みながら、堀川は、

「北沢にあんたのウエイトがそんなに大きかったなんて、あいつがキブツに行くまで知らなかったよ。逆にあんたにもな。みんな、何で北沢が遠くに飛んで行ってしまったかはよくわからんと思うが……」

「……」

「ま、とにかく、すべてを薙ぎ払って選んだ道だ。納得のいくように、しばらく頑張ることだな。後は、誉之でも、北沢でもあんたの言うおともだちでも何でもいいけど、あんまり片意地はらんで、受け入れる必要のある時は、心を開いていけ」

「うん、ありがとう」

「子どもたち、ちゃんと見えてるか。理論と実践がうまく結びついているかどうかは、ごまかそうとしても、子どもの顔と描いた絵や作文を見れば分かるからな。大丈夫か。いつか点検に行ってやる。がんばれ」

いつになく、堀川は心に染みるような話し方をした。

あの雪の夜、北沢が私に話したかったことはキブツへの旅立ちだったのかもしれない。

雪の中に立ち続けていた北沢を思い、堀川の言葉に頷きながら、私はこの研修会に明るく送り出してくれた海辺の小さな学校の、十二人の二年生の子どもたちの顔を思い浮かべていた。

ふと、あの夜の淡雪のように、白っぽいものがかすめたような気がして目を移した。ガラス越しに、中を覗き込むように近く、薄紫のライラックの花房が大きく揺れて、花弁が散っていった。

# 土鈴

# 一

「シツレイシマス」

「どうぞ」

ぼんやり窓の外を眺めていた恵子は、反射的に答えて、大きな声の主を見た。

長身を屈めるようにして隣に座ったのは日本人ではなかった。彼は、指定席の番号をポケットにしまい、ナップザックを網棚に上げている。一瞬話しかけられると困るな、と思ったが、知らぬふりをして、また窓外に目を戻した。

早朝の金沢は曇り空で風が強かった。

このバス停は分かりづらい場所にあるのに、よく一人で来られたこと、といらぬ気を回したりしながらも、則子が来られなかったのだから、止せばよかったのかなあ、と恵子は少し憂鬱な気分になっていた。

昭和も六十年代に入ると、一人旅の外国人観光客も珍しくはなかった。

大学の夏休みも終わり近くなってから、恵子は金沢に遊びに来た。友人の則子の家は、市内で古くからの旅館を経営していた。明後日には京都へ帰る予定の恵子のために、則子の母親が「能登巡り」の一泊コースを予約してくれていた。二人でゆっくり楽しめると喜んでいたのだが、今朝になって則子は、ひどい腹痛で寝込んでしまった。

「もう、大学もお終いやさけ、一人でも行ってらっし。行けますやろ」

則子の母親は、独特の柔らかい言い回しで送り出してくれたのだった。

二

「普通、観光バスのガイドは、うら若き女性と相場が決まっておりますのに、我が北陸交通は、みなさまの期待を見事に裏切りまして、わたくし、吉岡護が、能登一周の旅、お伴をさせていただきます」

少し加賀なまりのある若い男性ガイドは、社内いっぱいになった乗客に、

「それでは、この車のお仲間のしるしに、袋に入っておりますピンクのリボンを胸にお付

けください」

と指示した。乗客は、一斉に加賀城の写真が印刷された紙袋をガサガサさせ始めた。乗車券と同時にもらったものだが、早めに来た恵子は網棚に載せていたので、下ろそうと立ち上がった。隣の外人は、みんなの真似をして袋を覗き込んでいたが、早口のガイドの話は分からなかったようだった。立ち上がった恵子と目が合うと、首をちょっと傾げて困った顔をした。恵子は袋をとるのを後回しにすると、

「イクスキューズ　ミー」

と断って、彼の袋の中から、ピンクのリボンを探し出すと、ハイッと手渡した。彼は
「サンキュー」

と顔を輝かせると、網棚から恵子の袋を下ろしてくれた。

「あ、どうもありがとう」

中腰で礼を言うと、彼はニッコリ笑って、コクンと頭を下げた。

英語は何年も習っているのに会話は苦手だった。日本の英語教育では、英会話はできないとうそぶいてみても始まらない。もう少し話せるようしておけば良かったと後悔がよぎる。恵子も同じようにリボンを取り出すと、上着の左の腰のあたりに付けた。

それとなく隣の外人を観察してみる。長髪で髪色はブラウン。サファリのような上下

に、ズックのザック一つ。目の色もブラウンで澄んでいるのはいい。鼻の先が、透き通ったようにとがっていないのも、まあ合格。

その外人は、しばらく話しかけたそうにしていたが、

「サッキワ、アリガトウ　ゴザイマス。僕ワ　ジョニー……デス。ドウゾヨロシク」と話しかけてきた。フルネームだったが、はっきり聞き取れなかった。

「こちらこそ。私はケイコ　ワタナベです」

自己紹介くらいはできるが話せると思われると困るので、普通に答えた。

「ケイコサンハ　一人デスカ」

「ええ」

友達が云々と説明するのも面倒なので、最小限のことだけ答えることにした。

「アナタノ　仕事、何デスカ」

「学生、スチューデント、です」

「オー、僕モ　名古屋ノ　大学ニ　留学シテイマス」

あまり矢継ぎ早に尋ねられるので、恵子も答えてばかりはいられなくなった。

「お国は」

「……」

「ウェア　アーユー　フロム」

「オー、アイム　フロム　カナダ」

「あなたも、一人」

ケイコは人差し指を一本立てて聞いた。

「ハイ」

何故か、言葉はゆっくりで、手ぶりまで入れてしまう。とぎれとぎれの会話が続く間も、男性ガイドの話は続き、金沢の言葉について説明していた。

「…………娘さんのことはかわいくにゃあにゃあと申します。ところが、だんだん年を取ると、家に落ち着いて『私は妻よ』などと開き直られると、かわいげもなくなってしまいます。それで、妻のことはじゃあまと申すのでございます」

よく聞いている客からは笑い声が起きていた。

三

バスは、最初の見物地「喜多家」に着いた。ジョニーとは別々に降り、ゆっくり見物しようと思ったが、彼はこのバスの唯一の知人である恵子をエスコートする義務があるとでも思っているらしい。

先に立ち上がると、恵子を抱きかかえるように前に通した。見ると何も持っていない。

「アドミッションチケット」

恵子は自分の入場券を見せた。ジョニーは慌てて袋から入場券を取り出し、ちょっとおどけて、肩をすくめた。恵子は、二日間こんな調子かと思うと、朝の憂鬱が戻ってきた気がした。

靴を脱いで古い屋敷に入る。その間も、ジョニーはピッタリそばにくっついていた。ピンクのリボンを付けた一団が、ぞろぞろと流暢な女性説明員の後を付いてまわる。同行者の動きを見ると、それぞれ数人の任意の旅行者のようだった。

その軍団から恵子を守るように、時折ジョニーの手が腰や肩に触れる。恋人同士でもない限り、日本ではあまり接触する習慣を持たないため、初めはなんとなく気になった。

「トムラヤクッテ　ナンデスカ」

「ウーン、日本の昔の庄屋さんのこと。ア、チーフ　オブ　ザ　ビリッジかな」

我ながらつたない会話だと思いながらも、恵子にはそんな単語しか思い浮かばなかった。

しかし、ジョニーには結構通じているらしく、時折「オー」とか「イエス」などとまわりの人が注目するような大きな声をあげる。恵子は無関心を装って、その実、ジョニーとの会話やしぐさに張り付くような周囲の視線を感じていた。

千里浜をバスが走る頃には、ジョニーの緊張もすっかりほぐれたようで、

「ワンダフル、スバラシイネ」

などと、窓際の恵子に体を寄せて、波に見とれている。波打ち際すれすれにバスが走っても埋まらないのだ。砂の粒子が細かく適度に水分を含んでいるためだという。八キロも続く砂浜のドライブに、なんとなく楽しい気分になった恵子は、「あら、バイクも走ってる。波に飲まれるわ」などと一緒にはしゃいでしまっていた。まわりの乗客は、初めは聞き耳を立てていると分かるくらいだったが、そのうち慣れて気にしなくなったようで、銘々に大きな声で話したり、奇声を発して笑いあったりしていた。

休憩所でバスを降りると、ジョニーの買ってきてくれたソフトクリームを舐めながら、いろいろ聞いてみた。ジョニーは二十七歳で、大学を休学して、日本の知人を頼ってきたようである。父母は建築の仕事をしている。将来は父の仕事をするが、日本に興味があり、歴史を調べたり、独特の建築方法を学ぶために名古屋に滞在している。ジョニーは身振り手振りを加えながら、恵子に話した。

話し合っているうちに、自分の英語力より、ジョニーの日本語理解の方が勝っているよ

うに感じられた。

「僕ノ友達、一緒ニ　来ルツモリデシタ」

「えっ、本当。私も同じ。私のお友達ね、お腹が痛くて」

恵子は、腹部を抑えながらしかめっ面をして見せた。笑いながら頷いていたジョニーは、

「僕タチ、オトモダチ　ネ」

と握手を求めてきた。

「イエス」

恵子は急に朝からの憂鬱が吹き飛んだ感じがした。お互いに友人と二人で来たとすれば、知り合うこともなかったかもしれない。同じはぐれもの同志なら楽しいに越したことはない。そんな気持ちで、ジョニーの手を握り返した。

そのとき
「ちょっと、ごめんなさい。すみませんけど、こちら、お借りしていい」

と背後から声をかけられた。立ち上がって振り向くと、大柄で白いスーツを着た女性が立っていた。

「どうぞ」

一緒に振り向いたジョニーと目を合わせながら〝ジョニーは借りものじゃないわ〟と心の中で呟いた。白いスーツの女性は流ちょうな英語でジョニーに話しかけた。同じバスの乗客のようで、外国の人と話したかったと言っている。ジョニーは、安心して話せる相手に会えて、恵子に対するのとは違った雰囲気で話し始めた。

恵子は彼らの傍を離れ、みやげものを眺めながら歩き始めた。則子に何を買おうか、と頭の隅では思いながら、集中して考えるでもなく、〝ジョニーが彼女と一緒に歩いてくれれば、私は静かに一人旅ができる〟とそんなことを考えていた。

しばらく付近を一人で散歩していて、少し早かったがバスに戻った。旅行案内を見ていると「君の名は」という文字が目に入った。これから行く海岸にゆかりの地があるという。それを読んでいるところへジョニーたちが戻ってきた。後からついてきた女性たちは、盛んに「ジョニー」を連発し、自分たちの席にジョニーを誘っているようだったが、ジョニーは断って、恵子の横に立った。

「どうぞ、ご遠慮なく」

恵子はあちらへいらっしゃいという身振りをした。ジョニーは、

「ノー、ノー、ココ、僕ノ席ネ」

というと、恵子の方を見てニッコリ笑った。

# 五

バスが関野鼻《せきのはな》に止まった時、あまりの強風に車内に残る人が多かったが、恵子たちは、無言で合意に達すると、元気よく外に飛び出した。

さすがに有名な景勝地だけのことはある。大小の奇岩と、突端から見る遠景は素晴らしかった。ヤセの断崖というのがどこかにあるはずだと、少し身を乗り出した途端，噴き上げるような突風にあおられ、足元がぐらついた。ジョニーは大きな腕で恵子を抱きとめると、

「アブナイヨ」

と後ろへ引き戻し、それからはしっかり手を握って離そうとしなかった。

関野鼻の近くでお守りをくれた巫女さん姿の中年の女性が、

「ここを降りると、素敵な弁財天様が拝めます」

と右手を指さした。

「行ってみましょう」

崖沿いの道を下りていくと、行き止まりの洞窟があり、その中には彩色を施した小柄の

弁天様が祭られていた。乳房もあらわに薄布を纏い、恥毛さえ透けて見える。しかし、実に魅惑的な表情をしていた。造りは粗末な感じだが、生きているような存在感がある。

見とれていると、ジョニーが肩を叩くので、横を見ると行きどまりの広がった洞窟の奥には、しめ縄が回してあった。飾られている岩は、どうやら男性のシンボルらしい。恵子は、ジーンズのポケットから十円玉を二個取り出すと、一つをジョニーに渡し、真面目くさった顔で、もう一つを岩の近くにポーンと投げた。手を叩き、お参りをしながら、薄目でジョニーを見ると、怪訝そうな顔をしながらも、恵子と同じことをしている。

じめじめした洞窟の中には、上から時折水滴が滴り、前を歩いている親子連れが、大騒ぎをしながら飛び出して行った。急いで後を追った二人は、少しきつい上り坂を歩き始めた。すると、忘れたころにジョニーが尋ねた。

「サッキノ　オ金　アゲタノ　何デスカ」

「あ、あれはね、神様にあげたの」

「カミサマ」

ジョニーが、分かったような分からないような複雑な顔で歩いているのを見て、恵子は思わず横を向いてクスッと笑った。

その時だった。強烈な突風がみんなに襲いかかった。恵子はジョニーにしがみつき、中には座り込んだ人もいた。

　恵子たちはすぐそばで震えている老夫婦を励まし、一緒に上までもう少しのところまで来た時、甲高い悲鳴が聞こえたと思うと、先に上がったさっきの親子連れの中の、赤いスカートの女の子が、

「帽子が、帽子が……」

　と泣き叫んでいた。女の子の帽子は、岩場に張り付いたように生えている木に引っかかっている。ジョニーは恵子たちを山側の方に寄せると、女の子のところに行き、肩に手をかけると、

「ダイジョブ、トッテアゲマス」

　と、いきなり地面に腹ばいになって手を伸ばし始めた。

「ジョニー、危ないわ」

　恵子は思わず叫んでいたし、女の子の母親も
「あの、いいんです。その辺で新しいのを買ってやりますから」

　と必死で止めようとした。しかしジョニーはなおも懸命に手を伸ばしている。体が大きいだけ手も長い筈だ。しかし、尚、帽子までは二十センチ近くも離れていた。

　この様子に気付いた人たちが数人固まり、

「危ない」「やめた方がいい」などと、遠巻きにして、口々に叫んでいる。それでもなお、泣き叫ぶ女の子の傍で、何とか帽子を取ろうと頑張っているジョニーを見ているうちに、恵子はまわりの日本人に腹が立ってきた。

「みなさん、みんなで助けて帽子を取ってあげませんか」

恵子は思わず叫び、ジョニーの足をしっかりと抑えた。男性が何人か、ジョニーの足や胴を抑え始めた。ジョニーは少しずつ体をずらし、精一杯左手を伸ばすと、帽子の端を掴み上げた。しっかり掴んで助け起こされたジョニーの顔は紅潮していた。

「やった、やった」

叫びとともに、一斉に拍手が起きた。女の子は、跪いたジョニーに帽子をかぶせてもらうと、泣きじゃくりながらも、か細い声で、

「ありがとう」

と言った。母親も何度も頭を下げていた。

「ミナサン、アリガトウ」

助けてもらった人たちに、立ち上がって丁寧にお礼を言うジョニーに、

「外人さん、よくやったな」

とジョニーの大きな肩を叩いたり、握手を求める人もいる。みんな笑顔だった。その光景を後ろの方でぼんやり見ているうちに、恵子は涙ぐんでしまっていた。服のほこりを払って、恵子の姿を探していたジョニーは、心配そうに、

「ドウシタノ、ケイコ」

と近づいてきた。慌てて目を大きく見開くと、ニッコリ笑って、

「偉かったわ、ジョニー、さ、行きましょう」

と、自分からジョニーの手を取り、老夫婦を二人で抱え上げるようにして上っていった。

## 六

午前中は、気多大社、厳門《がんもん》などを経て、昼食の頃には薄日がさしていたが、関野鼻を出るころにはうす暗くなり、ポツポツ雨が落ち始めた。

輪島塗の見学もコースに入っていた。どんな小さな物も、学生の恵子には手の出ない値段だった。ジョニーはむしろ、昔の古い漆器を丹念に見て歩き、七十五回から百三十回も生漆を塗り重ねるという実演に興味を示した。

時折、ジョニーの質問に答えながら、恵子は加賀百万石と言われた城下町を、花器や食器や装飾品などで支えてきた輪島塗の歴史の重さを感じていた。同時に、代々伝え続けてきた職人やその家族、支配してきた権力や寺社の役割などが、断片的な映像のように重なりあって見えた。その中での数々の女性たち——ふと、恵子は母を思った。

ジョニーは、実演を続ける初老の男性の手元をじっと見つめている。それに引き換え、日本の多くの観光客は、お札を振り回して、短時間に故郷へのおみやげを買うことに必死になっていた。恵子は、頭一つは確実に違う、大きなジョニーの横顔をそっと見つめていた。

## 七

平家の落人の流れを汲む、上時国家《かみときくにけ》、下時国家《しもときくにけ》を出たのはもう夕方だった。風はやんでいたが、この時期にしては早すぎる暗さだった。ここが終わると、それぞれが予約した宿泊場所に送り届けられ、明朝また、このバスに乗ることになっていた。

時国家の庭を歩いていたとき、恵子はジョニーに尋ねてみた。

「今夜はどこに泊まるの」

「ア、アノ……」

ゴソゴソと手帳を取り出したジョニーは、その中からメモ紙を取り出した。それには「曽々木海浜ホテル」とあり、住所と電話番号が記されていた。恵子も同じ曽々木だが「富士ホテル」というところだった。

「ホテル、違ウトコロ」

ジョニーは心配そうに恵子のメモを覗き込んだ。

「ええ、でも近そうよ。さっき、ガイドが言ってたけど、ホテルまでみんな乗せていってくれるって。わかる。だから大丈夫。明日乗る所は、ちゃんと教えてくれるから。アスクア　バスストップ　アト　ホテル。ユー　シー」

「イエス」

ジョニーは何か言いたそうにしていたが、そのままバスに乗ったのだった。

乗客が次々に降りだすと、ジョニーは何となく落ち着かなくなり、

「ケイコ　明日モ　ノリマスカ」

と早口に尋ねた。

「乗るわ。大丈夫よ」

恵子は右手でジョニーの膝をトントンと叩いた。ジョニーは飛び付くようにその手を握

ると、何か言おうとしているが、とっさには言葉が見つからないようだった。海岸沿いの小さな旅館の前で車は止まり、

「富士ホテルのかた、お疲れ様でした。明日またお会いするまで、ごゆっくりとおくつろぎください」

ガイドがマイクで説明している。

「ジョニー、じゃ、明日またね。バイバイ」

恵子は、立ち上がったジョニーを押しのけるようにして、出口に近づいていくと、ガイドに尋ねた。

「すみません、曽々木海岸ホテルって遠いですか」

「いいえ、近いですよ。それでも七、八分はかかりますかね」

「あ、そう。あの外人さん、そこで下してあげてね」

「はい、わかりました。お疲れ様でした」

恵子が振り返ったとき、ジョニーは心配そうな顔で通路に立ったまま恵子の方を見つめていた。恵子が降り立つと、ジョニーは恵子が座っていた窓側の席に来て、窓越しに何か言っているが、聞き取れなかった。恵子は不安そうな顔をしているジョニーに、後ろの白いスーツの女性を指さして手を振り、バスが出発するのを見送った。

八

入浴後、浴衣姿のまま、部屋から則子の家に電話をかけた。忙しいらしく、きみさんという女中さんが出た。則子は、ひどい痛みは治まったものの、まだ食事もできない状態だという。明日も一日寝た切りだろうから、ゆっくりしてくるようにと言って電話は切れた。則子への義理を果たしたようにほっとした。

急に思いついて、フロントに降りていくと電話帳で「曽々木海浜ホテル」を探し出したが、途中でパタンと閉じてしまった。フロントから少し奥に入った喫茶室に入ると、恵子はコーヒーを頼んだ。

コーヒーを両手で飲みながら、恵子は、今朝からのことをボンヤリ考えていた。

突然、肩をポンと叩かれて、恵子はカップを落としそうになった。振り向くとジョニーがニコニコして立っていた。

「……」

「ゴメンナサイ。電話、ムズカシイ。道ワ簡単　ナノデ　歩イテキマシタ」

「よく分かったわね」

「フロントで、ケイコト　イウ人、泊マッテマスカ　とキキマシタ。ココ、教エテクレマシタ。ソレカラ　静カニ　静カニ、キマシタ」

ジョニーは、忍び足の真似をしてから、

「ケイコ、ステキネ」

と、恵子の両手を取って立たせ、浴衣姿を眺めた。恵子は素肌が透けて見えるような気がして、慌ててジョニーを座らせた。

「白いスーツの人は」

恵子が話題をそらせて尋ねると、途中で降りたといい、

「英語ワ　上手。デモ　質問バカリ。楽シクナイ」

と答えた。そして、うっすらと額に汗を浮かべて、おいしそうに運ばれてきたコーヒーを飲んだ。

「ケイコ、ドコカニ行ッテシマウカモ知レナイ。心配シマシタ。ズーット　歩イテ　来マシタ」

ジョニーは、テーブルに両肘をついて、まっすぐ恵子の目を見つめ静かに言った。恵子は、戸惑いながらも得体のしれない虚脱感のようなものが、朝もやでも晴れるように、急速に吹き払われていくのを感じた。そんな心の中を知られたくなくて、恵子はまた話題を

かえた。

「ジョニー、八時に、近くの春日神社というところで、太鼓の演奏があるんだって。一緒に行く」

恵子を見て、一緒に叩く真似をしながら、ジョニーは尋ねた。

「タイコ」

「そう、ドラムに似てるかな」

「オー、ドラム」

「行く」

「ハイ」

フロントに申し込むと送り迎えをしてくれるということだったので、ジョニーのことも話して頼んだ。恵子が着替えをして、集合場所にきてみると、お客はベレー帽の中年紳士と恵子たちだけだった。

車で七、八分も走ると、細い路地の入口で、運転手は恵子たちを降ろした。

「この路地を登って行って、つき当たりが春日神社です。終わるころこの車でお迎えに参ります」

# 九

上り詰めた社の境内には、篝火が燃え盛っていた。すでに十四、五人が、火の周りに集まっている。しめ縄を回した大太鼓が一つ、ひっそりと火に照らし出されていた。

やがて、異様な仮面をつけ、撥《ばち》を持った三人の男が現れた。胸に晒《さらし》を巻き、荒縄で締めた赤い着物の片肌を脱いだ男が、二本の撥を上段から鋭く打ちおろした。仮面は般若に似ているが、精巧なものではなく、無造作な造りだが、生きているような顔だった。面の頭髪は、黒っぽい海藻のような感じで、大柄の筋骨逞しいその男は、青い不気味な仮面をブルブル震わせて、見えを切るような仕種をしながら、太鼓の周りを舞い跳んで叩いている。体の芯に突き刺さるような激しい音だった。

かつて、上杉謙信が、能登に攻め寄せて来た時、村人たちは、木の皮に目や鼻を付け、髪には海藻を巻きつけて、鎌や鍬を振り上げ、陣太鼓を打ち鳴らして、夜襲をかけたのだという。村人達の必死の夜襲に仰天した上杉軍は退散したということだった。御陣乗太鼓《ごじんじょだいこ》というのは、そんな由来を持つと、ガイドがバスの中で話しているのを思い起こしながら聞いた。

則子は、古いものが好きで一緒に近くの古寺巡りなどをしていたが、予想をはるかに超えた素晴らしい太鼓だった。たった一つの太鼓からどうしてこんな音が出るのかと思うほどだった。

鉛色の、まさに木の皮を思わせるような仮面に、麻ひものような髪を付けた男と、どす黒い仮面に、同色の着物を着た小柄な男が、次々に飛び込んでくる。最初の青い仮面の男は休むことなく、合いの手を入れていた。

篝火に照らされたその豪壮な中に切迫感を持った太鼓の響きは、恵子の脳裏に一つの場面を思い浮かばせた。

――粗末なアパートの一室だった。上がり框に真っ青な顔を両手で覆い、今にも逃げ出さんばかりの男がいた。そして、包丁を手にじりじりと男に迫っていく女がいた。その顔は見えなかったが、背中に何者をも寄せ付けない気迫のようなものが滲み出ているのを、すくむような恐怖感を抱いて見ていた。

その男は父であり、女は母であった――。

あの時の母は、この太鼓の音色や、奇怪な仮面の男たちに共通するものがあったと思った。

男たちは両足で飛び上がり、反転し、絶えず顔を震わせる。見物人を脅すように見得を切り、太鼓を打ち続ける。篝火が木立や社を仄かに照らし、仮面を浮き立たせる。三人三様の連打になっていた。あまり大きくはなさそうなこの境内に、その音は雷鳴のように響き渡り、連続した音のように連なって聞こえた。

恵子は、映ったシーンを吹き消すように思わず頭を左右に振った。

「ドウ　シマシタ」

ジョニーが小声で聞いた。恵子は何でもないという意味で首を振り、暗闇で心配そうにしているジョニーに笑顔を見せた。

太鼓はあちこちで演奏される。しかし、こんなに素晴らしいと思ったことはなかった。

恵子は、むしろ旗をはためかせ、鍬や鎌を手に、土地を守るために必死に立ち上がった農民を思った。そのとき、農民たちを鼓舞したであろう陣太鼓を素直な感動で聞いた。

十

帰りは、ジョニーがさっさと車を断ってしまった。海辺の一本道の舗装道路を、二人は御陣乗太鼓のことなど話しながら歩いた。この道は、夕方一度通った道だった。日本海の荒波が岩に砕け、塩が花のように舞い散る、それをこの地方の人は〝波の花〟と言っていた。夜目にもはっきりそれが見えた。ジョニーは上着を脱いで、恵子に着せかけた。

「ジョニーも寒いでしょ」

「ノー、ノー、コレ」

厚手のトレーナーが、それとなく分かった。恵子は、長い上着の袖をパタパタさせながら後ろ向きに走ったりし、ジョニーは中身のない恵子の袖をとらえて振り回したりしながら、子どものように夜の海岸を走った。

コンクリートの防壁に並んで凭れかかると、波打ち際は、波の花の動きまでよく見えた。恵子が黙って波の音を聞いていると、ジョニーも、黒い海面をじっと見つめている。もう、恵子の旅館まで、そんなに遠くはない筈だった。

「ジョニー、昔ね、『君の名は』ってラジオドラマがあったのよ。『君の名は』」

「君ノ　名ワ」

「ウォチュア　ネームよ。私たちがまだ生まれていなかった頃、戦争があったの。日本がアメリカの爆撃にあっていた時、春樹っていう男の人が、東京のある橋の上で真知子という女の人を助けてあげたの。それでね、お別れするとき、春樹さんが『君の名は』って聞いたのね」

「君ノ　名ワ」

「そうして、橋の上で、別れるとき、元気でいたら、一年後の今日、アフター　ワン　イ

ヤー　この場所で会いましょう。ウイー　ハブ　シーン　オン　ジス　ブリッジって言ったの」

「……」

「一年たって、春樹さんは、橋の上で待ってたけど、真知子さんには会えなかったのね。真知子さんにはフィアンセがいたの」

「オー、ソレデ」

「でも、真知子さんも会いたかったのね。春樹さんはどうしても真知子さんに会いたくて、ココ、曽々木海岸っていうんだけど、ここまで探しに来るの」

「曽々木カイガン」

「そして、やっと会えた二人がこの海岸を散歩したのよ」

「散歩。春樹サント　真知子サン」

「そう、愛し合ってるけど、なかなか結婚できないの。かわいそうなお話なの」

「カワイソウ」

ジョニーはポツンと呟いた。恵子は母が口ずさんでいて、何となく聞き覚えている最初のメロディーを口ずさんだ。

「君の名はと　尋ねし人あり　その人の名も知らず　今日砂浜にただ一人きて　浜昼顔に

聞いてみる……」

恵子の透き通ったような小さな歌声が消えると、後は波の音だけが続いた。

この暗闇と波の音は、ずっと昔から変わることはない。陸の自然と人間だけが、少しずつ変わっているけれど、この深い暗闇にとっては何の変化もないのと同じことなのだと、恵子はぼんやり考えていた。私の存在など、一つの点にも値しないのかもしれない。恵子は数年間、思い続けてきたことに何の意味もなかったような気がして茫然とした。なぜ、こんな風に考え出したのだろう。この旅を終えたら、この数年間の考えを具体化しようと思っていたはずなのに。

恵子は、闇の中で砕けそうになる心に鞭打つように、境内で浮かんだシーンを敢えて思い起こそうとした。しかし、もう、あの太鼓のような激しさはなくなっていた。

「ジョニー帰りましょう」

恵子はジョニーの手を握ると、引っ張ろうとした。しかし、その手は逆に引き戻されて、大きなジョニーの体にすっぽり抱え込まれていた。乱暴ではなかったが、簡単には離してくれそうになかった。恵子はジョニーの腕の中で、だんだん力を抜き、そのうちすっかり体を預けてしまっていた。

「何、考エテイタノ、ケイコ。傍ニイテモボク　イナイト　オナジ。一人デ　黙ッテ　寂シソウ。ドコカ　遠クへ　行ッテシマウミタイ。ケイコ」

ジョニーは、恵子の顔をかがんで覗き込むようにして、それから、そっと頭を抱いた。恵子は自分の置かれている状況を理解しかねていた。不思議なくらい警戒心は持たなくなっていた。外国人だからなのだと思っていた。でも、私にはこんなことがあってはいけない。そう思いながらも、恵子はジョニーの優し過ぎる腕を払いのけることはできなかった。むしろ、初めて抱かれた居心地のいい胸の中で得られる安らぎに、身をゆだねていたいという思いに戸惑っていた。

ジョニーはケイコの髪に口づけしながら、「アイ　ラブ　ユー、アイ　ラブ　ユー」と繰り返し、ダブダブの上着を着た恵子を強く抱きしめた。ジョニーの左手が、恵子の頬に触れた時、下げっぱなしだった右手で、ジョニーの手を抑え、胸に顔を付けたままで

「ジョニー、感違いしては駄目よ。ミスアンダスタンディング」

なるべく落ち着いて話そうと努力した。

「あなたは、私のこと、何も知らないでしょ。どうして好きだって分かるの。あなたは外国の人。一日一緒にいたくらいで、そんなに簡単に、好きとか嫌いなんて分かる筈がないわ。一人ぼっち同士で、こんな真夜中に一緒に歩いただけでしょ。勘違いよ。ミスアンダスティング」

話すうちに感情が激して来て、長い袖を振り回しながら、恵子は左手でジョニーの胸を叩いていた。

訳の分からぬいらだちに急き立てられるように……

## 十一

恋愛結婚だというのに、失業がもとで酒浸りになり、子どもにまで暴力を振るう夫を母は許さなかった。裁判で離婚が成立した後、押しかけてきた夫から、娘と自らを守るために、母は包丁を逆手に夫を追い返した。

母の手職のおかげで大学まで出してもらい、母のように自活できる仕事を、と大学に残ることにしていた。愛し合ったつもりで結婚しても、結果は分からない。それなら、初めから一人でいようと、それなりの勉強もしてきた。大学に入ってからそのための生活設計を立てる恵子に、母はことさら反対もしなかった。最後の論文を書き上げて、自立のための新たな出発をする筈だったのに。

ジョニーは、何も言わず、されるままになっていた。恵子が静かになると、子どもをあやすように、背中をトントンと叩きながら、

「ケイコ、ヤサシクテ　カワイイ。デモ　悲シイコト　アリマスネ。ソレ、何カ　ワカリマセン。勘違イデハ　アリマセン。ハルキサン、マチコサン　愛シマシタ。ケイコ、教エテクレタデショ。ボク、ケイコ　愛シテル、トテモ。ケイコ、ボク　嫌イデスカ」

ゆっくり、やさしく頭の上で囁いた。恵子は黙っていた。訳の分からない涙が、スーと頬を伝ってジョニーの胸に吸い込まれた。何か話すと泣き出しそうだった。

ジョニーは、急に黙ってしまった恵子をしばらくそのまま抱いていたが、

「帰る」

と聞くと、旅館まで送り、上着を脱がせて肩に両手を置くと、

「グッナイト　ケイコ。明日ワ、今日ノ　朝ノヨウニ　元気デネ。消エテ　シマワナイデネ」

とまるで子供に言い聞かせるように囁いた。恵子が、やっと
「ありがとう」

とだけ言うと、上着を肩に背負うようにして帰って行った。

# 十二

いろんな事を考えて眠れないだろうと思ったのに、恵子が考えた時間はほんの少しで、いつの間にか眠ってしまっていた。

朝、鏡を見ながら、恵子はジョニーとの別れの時を考えた。今は、ジョニーに嘘がないように見える。でも、三時過ぎにはバスが金沢について、ジョニーは名古屋の友達のところに帰る。私は、則子の家で最後の夕食を取り、京都の大学へ戻る。それで普段の生活に戻ると、少しずつ印象は薄れ、〝能登旅行の時、あんなこともあったなあ〟と、そんな風になるに違いない。恵子はそう思い込むことにし、昨日の日中と同じように、外人に親切な一人の女の子に徹しようと心に決めた。

天候は幾分回復し、気温も昨日よりはずっと高かった。恵子は半そでのジョーゼットのワンピースを着た。ピンクに似合うように、長い髪を左右に分けて根元をカラーゴムで止めた。そして昨日のことは忘れることに決めた。

二つ目の停留所から乗り込んだジョニーは、洗いざらしのジーンズに麻のシャツで、やはり涼しいスタイルに替えていた。近くまで来ると、ちょっとまぶしそうな顔をして、ウインクをした。

「グッドモーニング　ハウ　アーユー」

恵子は先に声をかけた。

「オハヨウゴザイマス。元気デス」

二人はあべこべの挨拶をして笑いながら並んで座った。

九十九湾《つくもわん》は、ほんとうに箱庭を見るようだった。波も静かで、松の見事な枝ぶりと空の対照がすばらしかった。歓声を上げたり、ボラ待ち櫓のところでは、二人でボラの顔を真似たりして、お互いに昨夜のことには全く触れず、楽しい時間を持ちあおうとしていた。

時折、ジョニーの腕の強さや口調のやさしさを感じると、胸の奥がズシンと音を立ててなるような気がして、恵子はたじろいだ。そして、ジョニーも、自然に恵子の腰に回していた手をそっと引いたりすることがあった。

金沢についたのは四時近かった。

バスの中では意識して下りた後の話はしなかった。しかし、恵子は考えていたように
「楽しかったわ。ジョニー、さようなら」

という具合にはいきそうもないということを感じ始めていた。ジョニーが屈託なく話しかけてきても、何かが心に引っかかっていて返事がぎこちなくなってしまう。

乗客の半分ぐらいが、それぞれに散った後、ジョニーはごく自然に恵子の荷物を取り、どんどん近くの喫茶店に入っていった。

「ケイコ、何」

「ミルクティーを」

「ジャ、ボク、ミルク」

考えていた別れの言葉も言えず、半分うろたえ、幾分ホッとしている恵子をしり目にジョニーは注文を終えると、

「ケイコ、ボク、モウスグ　カナダへ帰リマス。アト一年、大学残ッテイマス。大学オワッタラ　建築ノ　仕事シマス」

と早速話し始めた。

「家族ワ　父、母、弟、ボクデス。来年、ケイコ　迎エニクル。来年ノ昨日、ハルキサント　マチコサンノヨウニ　アノ　海岸デ　会イマショウ」

ジョニーは考え考えそれだけを言った。恵子は何も言えなかった。自分をごまかそうと、あれこれ考えているうちに、ジョニーはなんと具体的で、現実的なことをてきぱき言うのだろう。しかも、私の気持ちにはお構いなく……恵子は混乱していた。

「ケイコ、ボクノコト、好キカ　嫌イカ　分カラナイ。フィアンセ　イルカモシレマセ

ン。デモ、ケイコ、キット　来ル、　信ジテマス。来年モ　同ジ　バスニ　乗レタラ　イイネ」

　恵子は、何か言わなければならないと焦ったが言葉が見つからなかった。ジョニーの笑顔を見ながら、口をついて出たのは、まったく別の言葉だった。

「ジョニー、電車何時」

「何時デモ　イイデス。六時過ギノ　キップ　アルケド」

「じゃ、お願い、一緒に来て」

## 十三

　大きな荷物を預けると、幸町までバスに乗った。案内図を頼りに桜橋に向かう。則子が口ずさんでいた「犀川」が市内にあるのを、恵子はここへ来るまで知らなかった。もうすぐ別々になるジョニーと二人で見ておきたい。そして、ジョニーが去る前に何かを伝えなければと恵子は痛いような思いだった。

　右に曲がると犀川べりに出た。流れはゆったりとしていて、町の中の川にしては、まだ古が偲ばれる河畔だった。しばらく歩くと、白い土塀の傍らに、室生犀星の碑があった。

終生、犀川を愛したという犀星に、最も相応しい場所なのかもしれない。

小声で犀星のことをジョニーに話しながら、この人は外国人だけれど、今の多くの日本人よりずっと日本を理解しているのかもしれないと考えた。碑を見つめているジョニーの後ろにそっと立った恵子は、

「ジョニーそのままでいて。後ろを見ないでね」

と、声をかけると、そっと背後に寄り添い、両腕を胴に回した。

「ジョニー、フィアンセはいないわ。悲しいことも、もうなくなった。ジョニーがなくしてくれたの。ありがとう」

誰も通らない碑の前で、大きな背中に凭れながら恵子は続けた。

「家族は母だけよ。ヘアドレッサー。私は大学が終わったら、そのまま研究室に残ります。ジョニーに負けないように頑張るわ」

ジョニーは前を向いたまま、恵子の手をきつく握りしめた。人通りはあったが、もういくらもない時間を惜しむように、二人はより添って歩いた。

犀川べりを抜けて、バスの停留所に向かう途中、涼し気に水を打った民芸店があった。白木の格子に誘われるように、その店の中に入り、それぞれおみやげを買った。何気なく見ているうちに、恵子は筆で御陣乗太鼓のあの仮面が描いてある素焼の焼き物を見つけ

た。

「ジョニー」

二人で傍によって、手に取ってみる。何の変哲もない釣り鐘型の鈴だった。手のひらに収まるくらいの大きさで、作った人の指の後が一つ一つはっきり分かるような素朴な土鈴だった。

恵子は、そっと振ってみた。澄んだ音ではないが、土の香りのする、柔らかい音だった。玉のぶつかる場所によって、音色がすべて違って聞こえる。恵子は上に灰色の紐の付いた土鈴を買ってジョニーに渡した。ジョニーは、恵子に小麦色の紐の付いたのを選んでくれた。


駅に着くと、米原行きの発車まで三十分ほどあった。ジョニーは、待合室のカウンターで、立ったまま手帳にメモ書きをすると、

「アドレス　アンド　ア　テレフォンナンバー」

と右手でちぎって渡そうとした。恵子は、器用に反対方向へ書き続けるジョニーの左手をじっと見ていた。そして静かにメモをジョニーに返した。

「『君の名は』でしょ」

口を開いたとたん、別れという事実が急に迫ってきて言葉をつなごうとしたケイコの唇は震えた。

ジョニーは吸い込まれそうな深い目で恵子を見つめると、左手でメモを握りつぶしたまま、恵子を抱きしめた。初めての激しい口づけだった。もう一度、しっかり抱きしめると、ジョニーは、ザックを肩にかけ、改札口に向かって去っていった。

恵子は、その場を動かずに、発車時刻をじっと待った。発車のアナウンスが終わって、荷物をそっと持ち上げた時、微かに土鈴が音を立てた。

恵子は、そっと微笑むと、暮れかけた街並みに向かって歩き始めた。

# ゆずり葉

# 一

　ときどき、ヒューという鋭い風の音がして、そのたびに居間の換気口がカタカタ音を立てる。

「父さん、だいぶ、降ってる」

　編物をしながら、尚子は小用から戻った父に声をかけた。今年も押し迫ってから初めての雪らしい雪だった。

「うん、かなり積もるな。先に寝るぞ」

「私も、黒豆が煮えたら寝るから」

　本を片手に寝室に向かう父を、尚子は眼だけで見送った。

　夕方から降り出した雪は、時折、強烈な風を伴いながら、まだ降り続いているらしい。

尚子は、父が立った後も、静かに揺れ続けている揺椅子に腰かけると、コトコトという黒豆の音を聞きながら編み針を動かし続けていた。

タイマーが音を立てる。ガス栓を締め、台所の曇りガラスを開けてみた。近くの街灯の微かな光を受けて、雪は激しく降っていた。裏のからまつ林が、それとわからぬくらいに激しく、横なぐりの雪が降り続いている。

いつも早朝、雪かきをする父を思い、尚子は、身支度を始めた。今、雪除けをすれば、明日、父が少しは楽かもしれない。そう思いながら、少しは私も大人になったかしらと、苦笑しながら外に出た。

もう、三十センチほどになるだろうか。長い柄の雪かきで柔らかい雪を押すようにして七メートルほど離れた国道まで出てみた。さすがに人通りも少ない。外は居間で感じたよりはずっと穏やかだった。

父は、車庫と花畑の間を、きっちり測ったように広く開ける。何度か往復するうちに、うっすらと汗をかいた。

軽い雪が舞う瞬間、ふっと息が詰まる。いつか幼い頃にもこんなことがあった。もし突風にさらわれて広い雪原に放り出されたら、体中すっぽり雪に埋まってしまうだろう。その上にどんどん雪が降り積もっていく。そうなるのもいいかなと思っていた。尚子は、風に向かって目を閉じた。汗ばんだ身体に、雪の冷たさが快かった。

街からかなり離れた一軒家を、立てたばかりで手放す人がいて、教員を退職した父が買い取ってから一年程たった。からまつの林を背にした洋風のこの家は、尚子も気に入っていた。

〝今夜で昭和六十年も終わり。母さんが亡くなって五年たったんだ〟と、深呼吸をしていると、広尾方面からかすかに見えていたライトが、近づいたと思うと、雪煙とともに通り過ぎた。大晦日のこんな時間に走る人がいるのかと思いながら、雪かきの道具を物置にしまった。雪がレールの溝に挟まって隙間があくのを、閉めなおして外に出ようとすると、反対方向からゆっくり近づいてきたライトが、いま開けたばかりの通路を曲がってきて、目の前で止まった。

しばらく待っても降りてくる気配がない。尚子は、車のわきからそうっと後ろ側に回り、運転席に近づいてみた。父を呼ぼうかとも思ったが、思い切って窓ガラスをコンコンと叩いてみた。ドアが開くと、黒い影がよろめき出るように降り立った。背の高い男性で、ダウンコートを着ているようだった。フードを被っていて顔はよく見えない。

「どうなさいました」

「すみませんが、電話をお借りできないでしょうか。街までまだかなりありそうなものですから」

低い声の主が、尚子に向かって、思いがけず近くで言った。息が詰まったように答えられずにいると、

「怪しいものではありません。足寄《あしょろ》の友人のところへ行く途中なのですが、雪で時々エンストして、こんなに遅くなってしまったのです。あなたの姿が見えたので戻ってきたのですが……お願いします」

「そうですか。どうぞ、父はもう休んでおりますが」

廊下を先に立って歩きながら、誠実そうだと思う反面、一抹の不安もあった。しかし、困っていることだし、目敏い父は、多分もう気づいているだろうと思った。

部屋の暖気のせいだけではなく、雪焼けした頬を更に上気させた男は、前髪から湯気をあげながら、もどかしそうに手帳を繰っている。四十歳前後くらい、父とは反対で頑丈そうな体つきをしており、目の周りだけが白く、大きな目を際立たせていた。

「宮川か、周平。雪でね、予定通り行かなくて、うん。広尾町は越えたんだけど、ちょっと調子も悪くて。もうじき大樹《たいき》の街に出られると思うから、近くで旅館でも探して泊まっていくよ。うん。明日また連絡する。すまなかったな、遅くまで」

電話を切った男は、

「こんな遅くに、ありがとうございました。すみませんが、これから行く途中に旅館はあるでしょうか」

と、ストーブを挟んで、お茶を入れようかどうしようかと迷っている尚子に苦しそうな表情で問いかけた。

「四キロほど行くと、あることはあるのですが、今夜は大晦日ですしね、時間が遅いですから起きてくれるでしょうか。私も詳しくは分からないのですが」

「そうですか。どうもありがとうございました。何とか探してみます」

男は毛糸の帽子を摑んで立ち上がると、少しふらついた。それでも気を取り直すと、廊下を先に立って歩き出したが、かなり苦しそうに見えた。

上がり框に座って、靴を履きかけた後ろ姿に、尚子は思わず声をかけた。

「あの、具合が悪いんじゃありませんか」

「はあ、実は熱が少し…」

男は立ち上がりかけてふらつき、しりもちをつくように座り込んでしまった。

「ちょっとお待ちください」

尚子が、父の寝室に向かおうとするのと同時に、寝室のドアが開いて、ガウン姿の父親が出てきた。

「父さん、かなり熱があるみたいなの」

「失礼ですが、どういうお仕事をなさっておられます」

「あ、夜分お騒がせして申し訳ありません。札幌の○○私立大学に勤める河野周平と申します」

男は、びっくりしたように立ち上がり、父に向かって頭を下げながら続けた。

「足寄の友人のところへ出かける途中なのですが、天気予報を知りながら、黄金道路は早い時間なら安心という友人の話を真に受けて出てまいりました。雪が軽いのと、地吹雪もあって、幾度もエンストを起こし、やっとここまでたどり着いたのです。その上、風邪にやられたようで申し訳ありません」

「そうですか。途中で何かあっても困りますし、今夜は家でお泊りなさい。尚子、俺の部屋がいいんじゃないか」

「ええ、暖かい方がいいと思うけど。そうしてくれる」

男は恐縮しながらも、ほっとしたように居間に戻ってきた。尚子の渡した体温計を脇に挟むと、ソファーに倒れこんだ。

尚子は、新しいシーツの下にバスタオルを一枚入れ、タオルケットや毛布を新しくし、父のベッドを整えると、パネルヒーターの温度を上げた。父は枕と丹前を抱えて寝室から

出てくると、

「私は隣の部屋におります。娘がお世話すると思いますが、何かあったら声をかけてください」

と男に言った。

「すみません。見ず知らずの者に、こんなに親切にしていただいて」

熱は、三十九度あった。河野を名乗る男は、買い置きの風邪薬を飲み、尚子から寝間着を受け取ると、よろめくように寝室に入っていった。

「ああ、そうだ。車そのまま。止めてこなくちゃ」

エンジンを止めて、黒い鞄と紙袋を降ろし、鍵をかけて戻るだけで、頭髪の中まで雪が忍び込んだ。さっき雪除けしたばかりの通路は、もう長靴が埋まるほどになっていた。

尚子はふと空を仰ぐと、まっしぐらに落ちてくる大粒の雪を顔で受け止めた。目を閉じると、大きく深呼吸をして家の中に入っていった。

## 二

幾度も上ったことのある黒岳の様子が違っている。こんなはずはない。確かにあの尾根が見える筈だ。いくら吹雪いても間違う筈はないのだ。吹雪の中を這うようにして進む。誰か、相棒がいたはずだ。どこへ行った。誰と一緒だったのだ。かつて味わったことのない恐怖感に冷汗が滲んだ。

額に冷たいものを感じたが、目を開くことができない。そのうち右肩が沈むような感じがあって、頭がそっと持ち上げられ、下ろされたとき、首にヒヤッとした感触が伝わった。体中が熱いのと、痛むので、身の置き所がなかった。

徐々に頭がはっきりして、誰かに持ち上げられ、氷枕を当てられたことに気付いた。自分の家ではない。誰か、気を使わなければならない人の世話になっている。目を開けて、声をかけねばと、自分の体とは離れた別の気怠い何かが周平に呼び掛けている。布団の上に手を出して、目を開けなければと思うのだが億劫だった。意識と体が、全く別物のようで、歯車が噛み合わない事に苛立ちを覚えながら、体の位置を変えたい、とそればかりを考えていた。

誰かの手が襟元を直してくれている。それでも、目を開くのが億劫だった。やがて温いタオルで、顔や首がぬぐわれ、意識と四肢が少しずつ統一されていくのが分かった。

重い瞼を薄開きにした周平は、明るい部屋の方へ立ち去る小さな人影を認めた。アーチ形のドアが半開きになり、薄い模様入りのレースのカーテンが揺れている。足元には、立ちスタンドが小さく灯されていた。ぼやけたフィルムの焦点がゆっくり絞られるように、自分の眠っている場所が分かってきた。しかし、もうその先を考えるのは面倒だった。周平は、再び目を閉じた。

額に、冷たいタオルを当てられ、周平は目を覚ました。目を開き、話をすることも努力すればできないほどではなかったのに、気怠いのと、気付いているのを知られるのが惜しいような気もあって、うつうつと流れに任せていた。

脇から冷たい手が忍び込んできたかと思うと、背中にヒヤッとした感触が伝わってきた。それは、とても快いものだった。やがてそっと布団がめくられると、寝間着の紐がほどかれ、右肩から腕がはずされて、同時に何か着せられた。右半分に冷たさを感じたと思うと、正面から抱きかかえられるように右に起こされ、右側の袖が通された。そっと、下ろされると、胸にボタンがはめられ、素早く、パジャマに替えられていた。かなり体重がある筈なのに、難なく寝間着を引き抜く手際の良さは小柄な娘の仕業とは思えなかった。

初めて気づいたように、周平は身をよじり、うっすらと目を開いた。

「あ、ごめんなさい。起こしちゃって。あんまり汗がひどいものですから」

寝間着を抱えた娘は、囁くように言った。

「すみません。すっかりご迷惑をかけてしまって」

ふらふらする頭を振りながら、周平は起き上がると手洗いをたずねた。娘はパジャマの下を穿くように言うと、急いで居間の方へ立ち去った。

喉が渇いた周平は、ベッドに戻らず、居間に入っていった。娘はレンジで温めた牛乳を勧めながら、

「いかがですか」と小声で尋ねた。

「ええ、おかげでずっと楽になりました」

ぬるめの牛乳を一気に飲み終えると、人心地が付いたように思った。

「それでもまだ、八度以上はあると思います。咳が付いてきましたけど、喉を焼きましょうか。ルゴールはお嫌ですか」

周平は改めて娘を見た。若いとは言えない。二十六か七、もう少し上かもしれない。ショートヘアで、化粧気のない真剣な顔をじっと見た。

娘は用意してあった脱脂綿を曲がった金属の棒にくるくると手際よく巻き付け、周平にティシューを二、三枚渡すと
「なるべく舌を前に出して、少し我慢してください」

口を開けた周平は、あっという間に喉を焼かれていた。

「熱が引くと楽になるんですけど」

娘は後始末をしながら、呟くように言った。その自然な言い方が周平の心に染みた。周平は美しいというのとも異なる自然さと娘の手際よさに、ただ感心するばかりだった。時計は三時を過ぎていた。

一時間後、尚子が覗いてみると、熱が引いたらしく、客は眠ったようだった。尚子は、揺椅子のひざ掛けを足元にかけると、ソファーに横になった。

三

うとうとしたつもりだったが、ハッと目覚めると、八時を過ぎていた。反射的に飛び起きた尚子は、そっと隣室を覗いてみた。河野周平という名の客は、静かな寝息を立てている。

居間のカーテンを少し引くと、雪はほとんど止んでいた。時折、ちらちら舞う程度で、元旦の朝日は傘をかぶったように仄明るく、からまつ林の前を風が雪片とともに吹き抜けていく。

尚子の部屋には父がやすんだ。そっと覗くと、案の定、父は雪かきに出て、部屋にはいなかった。

用意しておいた着物を手早く着ると、下駄箱から雪下駄を下ろして玄関に降り立つ。

お正月用に生けた松と白菊が、昨日と同じものなのに、心なしか厳粛さを添えて見える。

父はいつものようにきちんと除雪し終えて、男の車の雪の始末をしていた。

「父さん、おはよう。止んだね、雪」

「うん、いいお正月だ」

「もう、終わるでしょ。着物出しておいたから」

小さな頃から、元日だけは家族そろって和服だった。衣服を改め、父から始まる新年の一言は、気持ちが引き締まって、なんとなく新しい年の始まりという感じがした。父が各地を転勤して歩いていた頃、近所の人たちにお茶を教えていた母が育てた家風だった。

寝不足のはずだったが不快感はなかった。少し化粧もして、白い割烹着を付けた尚子は、雑煮の鍋をかけながら、年末、家に帰ってから、母を見習って作った手料理を並べた。口取りを添え、お祝の箸をそろえて、酒の燗をする。父は母が仕立てた大島の紬を着ていた。

「ずっと、起きていたのか」

「ううん、四時間くらい眠った。母さんやお兄ちゃんのいた頃は、同じくらい起きて遊んでたでしょ」

「変わった正月になったな」

尚子は微笑んで、父の目に頷いた。この頃父が、自分に母を見ていると感じることがよくあった。


遅い祝いの膳を片付け終わった頃、輪ゴムで束ねられた年賀状が届いた。お茶を飲みながら、父が選り分けてくれた自分あての年賀状をゆっくり繰っていった。友人たちの多くは、三十路を越えぬうちに年貢を納めろと書いてきた。もう、三児の母というのもある。

〝見たことがある〟裏を返して、一瞬、尚子は動きを止めた。印刷した年賀状には、塙浩樹と書かれていた。尚子は、はがきを袂に入れると台所に立った。ペン書きで「その気があったら電話ください」と書かれていた。思い掛けないことに動揺を抑えかねていると、電話が鳴った。

「尚子、私、今年もよろしくね」

帯広にいる友人の真紀子だった。

「設計事務所、いつから。私、三日は出なきゃならないから、明日出てこない。淑子にも連絡しておくから。一時にウイーンでね」

電話の音で目覚めた周平は、体の気怠さの中で動く気になれないまま、開け放たれたドアの向こうの声を聞いていた。この家族には家族の生活がある。何とか早く帰らなければ。考えるだけで、思い切って体を動かす意思も働かぬまま、ただ閉じた瞼の下で考えていた。人の気配がしたと思うと、周平の額に手が置かれた。

「いかがですか」

周平は、冷たい手の感触に不思議な郷愁を感じ、思わず胸が熱くなった。それを飲み込むようにして、ゆっくり目を開け、カーテンで光をさえぎられた薄暗い部屋の中に、白く浮き立つような尚子の和服姿を見上げた。

「昨夜はどうもすみませんでした。あまり眠っていらっしゃらないのではありませんか」

周平は掠れた声で訊ねた。

「いいえ、そんなことはありません。あまりよくお休みなので、少し心配になったものですから。熱は下がったようですが、喉はいかがですか」

「少し痛みますが、全体として、疲れが取れた感じです」

「元日なんですけど、何か召し上がります。もう昼近くになりました。水分が必要なんですけど。起きられますか」

「ええ、起きてみます」

居間で、尚子は熱いタオルを渡しながら、目が落ち込んで、少し大きめの唇が白くかさついている河野周平の顔を、初めて会う人のように控えめに見た。父のパジャマを着た男は、座卓に座ると気持ちよさそうに顔をぬぐった。

そして、はちみつを入れたオレンジのジュースを、本当においしそうに喉を鳴らして飲み干した。

「河野さんとお呼びしていいですか。食べられそうでしたら、おかゆを温めましょうか」

「何から何まで本当に申し訳ありません。何とか元気をつけて、今日中にはお暇しなければと思いますので、いただきます」

しかし、尚子がおかゆを運んできたころには、また顔が上気し、汗をかいていた。一口、スプーンを口に運ぶのを見て，尚子はまだ無理だと覚った。

「もう少しお休みになった方がいいようですね。じゃ、お友達には私から電話しておきますから」

二階の書斎から戻った父親が
「家のことは気にしなくていいですよ。大人ばかりですし、特別用事もありませんから。これは、設計事務所の事務員ですし、私も臨時の事務員ですが、七日からですから。息子がいるんですが、会社の派遣で、イランの方へ行ってますしね」

と静かに言った。

「ありがとうございます。本当にご迷惑をおかけして。どうも駄目のようですね」

夕方また熱が高くなった周平を見て、父は知人の医師に往診を頼んだ。流行性の風邪らしかったが、注射を打ち、熱さえ下がれば大丈夫と言い添えて帰った。父は、安心して会社の新年会に出かけて行った。


尚子は注射で眠っている周平の様子を見ながら編物を続けた。

出窓に父の好きな鉢物が置かれている。まだ丈の短い夾竹桃が、白とピンクの微妙に混じった薄色の花をつけ、ハイビスカスの蕾の先端が綻びかけていた。尚子は、ふと思い立つと、花の咲いている鉢の向きを全部内側に向けてみた。外に向かって咲いていた花たちが、一斉に尚子の方を向いた。純白のクチナシが二つ、葉の緑に映えている。

尚子は、さっきの賀状を思い出した。このクチナシは、母が存命中、浩樹からもらったものだった。浩樹はなぜ今頃、あんなハガキをよこしたのだろう。そして、私はなぜあんなに動揺したのだろう。尚子は、無意識に揺椅子を動かしていた。

浩樹は母の担当医師についているインターンだった。一度は真剣に結婚を考えたこともあった。もう会わなくなってから二年になる。父は石狩から空知を経て、最後の勤務地を十勝に求めた。その父とともにこの町に来てから、尚子の消息は分からない筈だった。浩樹自身に対して言えば、今も電話してみたい感情が潜んでいることは否めない。でも私は決して電話はしない、と心の中で言葉にして呟いていた。

物置の焦げ茶色の壁に、細かな雪粒が、小さな竜巻にように舞っていた。

「なおこー」

大きくはないが、振り絞るような叫び声を聞いて、尚子は息の詰まるような思いをした。胸の動悸を静めながら、そっと寝室へ近づいた。

「なおこ、なおこー」

何かを追い求めるような悲痛な声を上げて、顔を左腕で覆った周平は激しくあえいでいた。尚子は襟元をゆすって起こそうとした。反射的にその手は摑まれ、驚くような強さで握りしめられた。そっと手を引こうとしたが、その引く手の強さは、恐ろしいほどだった。しばらく茫然としていた尚子は、周平の目じりに涙がたまっているのを見て、ハッとした。

「どうなさいました、河野さん」

揺り動かしてもなかなか目を覚まさなかった周平は、尚子の手を摑んだまま、がばっと

上体を起こした。少し濁った眼で尚子を見、そっと手を放した周平は、

「すみません。僕、何か言いましたか」

と、ところどころ掠れた声で尚子に訊ねた。

「ええ、名前を。なおこと」

「すみません、夢を見ていたものですから」

まだ冷め切らない表情で苦しそうに言った。

「私と同じ名前なものですから、驚きました」

「なおこさんとおっしゃるんですね。どんな字の」

「尚という字です。和尚の尚です。お呼びになった方はどんな」

「菜の花の菜、稲穂の穂です。亡くなった妻の名です。お恥ずかしいことでした」

「先ほど宮川さんに電話して、少しだけ伺いました。ずいぶん前にお亡くなりになったとか。どうなさったんですか」

「ええ、冬山に一緒に登って滑落しました」

起き上がったままの姿勢で、うつむき加減に周平は言った。

「昨夜よりもっと、ひどい降りでした。何度もその時の夢を見るんです」

「そうですか。今日も降り続いています。カーテンを開けてみましょうか」

気持ちを引き立てるように、尚子は、どっしりとした青色のカーテンを左右に引いた。夕闇が少しずつ深みを増す中で、尚激しく降り続いている。

「いかがですか。少し食べられるといいんですけど」

「ええ、今度は大丈夫のように思います。本当にありがとう。せっかくのお正月を台無しにしてしまいましたね」

「いいえ、先程、宮川さんにもお話ししましたけど、私は、七日まで休みですし、看病は慣れていますから、あまり苦になりません」

「どなたの」

「母です。五年ほど前に亡くなりました。三年近く付き添っていましたので」

「そうでしたか。小柄な方なのに、僕のような大きな体をいとも簡単に扱われるので、実は驚いていていたのです。お母さんはどうなさったのですか」

「骨のがんでした。私が大学を卒業する少しまえに発病したのですが、早かったですね」

尚子が、淡々と話すのを、周平は不思議な感動を持って聞いていた。中年を過ぎた女性のように、性を感じさせない、透明なはかなさのようなものはどこから来るのか。

翌朝、十時を過ぎた頃、尚子は、周平の車を温め、荷物を積み込むと、助手席に周平を乗せて出発した。足元を毛布でしっかり包み、座席を少し倒して、父のために編んだ靴下を穿かせた。

昨夜、父が帰るころには、すっかり元気になり、普段あまり話さない父と、結構遅くまで話し合っていた。父は周平の仕事や家族のことなどを熱心に訊ねている。調子が良ければ、真紀子と会うために帯広に出るのだから、周平の車で帯広まで送り、宮川には列車で帯広まで迎えに出てもらうという相談ができていた。

雪は、時折ちらついていたが、太陽が顔を出し、日高の山並みがくっきりと頂を見せ、大晦日の降りがうそのようだった。周平は、照り返す雪のまぶしさに思わず目を閉じた。

「大丈夫ですか」

慣れた感じで運転しながら、尚子は心配そうに周平の方を見た。

「ええ、大丈夫です。まぶしいものですから。一人でも帯広までなら何とかなると思うのですが」

「遠慮なさらないで。どうせ、お友達に会うことにしてるんですから」

グレーのタイトスカートにラフな白のセーターをざっくりと着て、サングラスをかけた尚子に、昨日のはかなさはなかった。しかし、やはり女性特有の華やかさはなく、どことなく漂う透明感が周平には好ましかった。

「尚子さんは、人を愛したことがありますか」

しばらくの沈黙の後、周平がポツンと訊ねた。尚子は突然、昨日の叫び声と摑まれた手の痛みを思い出した。

〝この人は、どんなにか、奈穂子さんという亡くなった夫人を愛していたに違いない〟

そう思うと、とても素直な気持ちになった。

「多分、あると答えていいと思います」

「そうですか」

周平は、目を開けて窓外を見た。ちょうど、車は広い川の上に差し掛かっていた。川の流れはすっかり雪に閉ざされ、その間に微かな流れが見えた。

「この川の名前は何というんですか」

「歴史の歴に造りのない舟で、歴舟川と言います。年を取った方は、日に方と書いて日方川というそうです」

左手の高台の上をジープが走っている。街中に入るとまた、目を閉じた。しばらくすると、

「ほら、真向かいに、小さな山が見えるでしょう。何年か前に、宝探しで有名になった忠類村《ちゅうるいむら》の丸山っていうんです。足寄に行くには、あの麓で右にそれると近いんですけど、

今日は帯広ですから二股を左に行きます」

と、尚子が語りかけてきた。目を開けると、目前に迫るような山が見える。雪の上に小さな木を一面に差したような丸い小山のまわりは、三分刈りの坊主頭のように、薄黒い灌木で縁取られていた。頂上にアンテナらしきものが見える。そういえば、週刊誌か何かで読んだように思った。ウインカーを左にだしながら、尚子はさらに言った。

「右手に三角屋根の大きな建物があるでしょう。丸山をバックに、すぐ後ろにはからまつ林を背負った赤い屋根、ここに来た頃は、あこがれの家だったんですけど……」

「今は」

「しばらくして、せっかくの赤い屋根に『赤い屋根』って大きな文字を書いて、ジンギスカン屋さんになってしまいました」

周平は斜め後ろから、少し残念そうに「赤い屋根」を見上げる尚子を、微笑みながら見ていた。

赤い屋根は、今は薄く雪をかぶっていた。後ろのからまつ林は、どの枝も同じ方向に雪を付け、規則正しく並んで立っている。緩やかにカーブを切り、いくらか上りになるのを楽しみながら、周平は数年ぶりに安らいだ優しい気持ちに満たされていた。

いくつか集落を通り越したところで、尚子は車を寄せて止まった。

「この方角に続いているのが北海道の南を貫いている日高山脈ですけど、キャンプでテントを張ったような形の山が分かりますか」

周平は何度か聞き直してから、確かにテントの形をした山を確認することができた。

「あれが、ペテガリという名の山です。大樹の町の真ん中でお聞きになった歴舟川の源流になっている山です。下流で三つの川が合流して太平洋まで続いているんです」

車に戻ると、山側で雨が降るとあっという間に水量が増えて、水の犠牲になった人が多かったとか、下流では渡し船が馬まで運んでいたとか、ここへ来てから図書館に通って得た話をいろいろ聞かせてくれた。

初めて見る十勝の冬道は、ところどころアスファルトの露出した舗装に地吹雪が通り抜け、からまつの防風林が道路に垂直に、或いは並行して行儀よく近づいては通り過ぎていった。

待ち合わせた「ウイーン」という喫茶店につくと、尚子は周平を残したまま、宮川を捜しに入っていったが、なかなか戻ってこない。ずいぶん待ったように思って、周平は中に入っていった。仕切りの少ない広い店内にはグループ展の絵が掛けられていた。左端の奥の方に、向かい合って宮川と尚子が座っていた。

「今、サンドイッチを作ってもらってるんです」

尚子は、立ち上がって迎え、宮川は片手を上げて合図をした。

「思ったより元気そうじゃないか。しょぼくれてるかと思ったのに。病人は車に閉じ込めておいて、二人で楽しくお話ししようと思っとったのに、邪魔しに来たな」

宮川は、いつもそんな感じらしく、茶化しながら周平の様子を観察している。コーヒーを追加した周平は、

「すまんな、心配かけて」

と、宮川に向かって言った。

「心にもないこと言うな。本当は良かったと思ってるんだろ。こんな素敵な人に看病してもらって。送ってもらったのも意図的だったんじゃないのか」

「うん、まあな」

周平は調子を合わせていたが、真顔になって、尚子の方を向くと、改めて

「本当にありがとう。あの時、あなたを見かけなかったら、どこかで雪に埋もれていたかもしれません。しかも病院以上の看護をしていただいた上にここまで送っていただいて、本当に感謝しています。お父さんにもお話ししましたが取り敢えず、宮川のところで休養して改めてお礼に伺います」

と、しっかりした口調で話した。

「そんなに気を使わないでください。昔母が読んでくれた童話の中にこんな歌がありました。〝お正月さんがござった、どこまでござった。どうどの山の麓まで、ゆずり葉に乗って、ゆずり、ゆずりござった〟」

尚子は母親の口調を真似たのか、歌うように言った。そして
「大晦日の大雪に乗っていらしたお正月さんだと思っていますから、わざわざお出かけ下さらなくても……」

と笑いながら言うと、宮川が口を挟む。

「相手があなただから、こう言うんですよ。うちのかみさんじゃこうはいかんぞ」

「バカ、それとこれとは違うぞ、尚子さんは命の恩人なんだ」

「お礼などとおっしゃらずに、いつでもお寄りください。父がとても楽しそうに話しておりましたから。普段私は帯広におりますけど、大樹にはいつでもお寄りください。きっと、父も喜ぶと思います」

「それじゃ、行く意味がないだよな」

宮川がまぜっ返したところへ、ケースに入ったサンドイッチが届けられた。三人は立ち上がって出口に向かった。会計をしている宮川を残して出ようとしたところへ、新しい客

が入ってきた。周平の肩越しにその客を見た尚子は、一瞬、歩みを止めていた。

「尚子さん」

男は、呼びかけてきた。尚子は、気を落ちつけながら
「すぐ戻りますから、お待ちください」

と、早口に答えた。周平と宮川の視線を意識しながら、尚子は、助手席に乗り込んだ河野に毛布をかけ、

「油断するとぶり返しますから、宮川さん、早めに休ませてあげてくださいね」

とドアを閉めた。バックして通路に出た車の傍に立つと、窓を開けた周平は、

「ありがとう。また」

じっと尚子を見つめ、軽く手を上げた。

走り去る車に手を振りながら、尚子は、動作とは全く別のことを考えていた。

四

店内に戻ると、塙浩樹は立ち上がって尚子を迎えた。

「しばらく」

黙って頭を下げると、尚子は前に座った。

「コーヒーでいい」

浩樹はコーヒーを頼むと、先に来ていた自分のコーヒーに砂糖を一つ入れ、ミルクをほんの少し入れて、カップを尚子の前に置いた。

あの頃と全く同じ、と尚子は思った。

「今日、札幌からですか」

「ええ、車で。大変でした。さっきの方たちは」

「ええ、ちょっと。やはりここで待ち合わせていました」

浩樹は、少し言い淀むと、

「真紀子さんを悪く思わないでください。僕が頼みこんだのですから。どうしても君に会いたいと思って、無理に頼んだんです」

真紀子たちと会うつもりだったのに、あまりに唐突だった。何の準備もないまま、二年間もの空白の後の突然の再会に、尚子は何も話すことが出来ないでいた。

懐かしさというだけではない。押さえつけていた何かが頭をもたげ、尚子の胸の中をかき回している。尚子は理由の分からない焦りを感じていた。沈黙の時間が流れる。

「場所、変えようか」

外に出ると、浩樹は助手席のドアを開けて、尚子を先に乗せた。雪道を轍のままに走り、しばらく行くと和風の落ち着いた小料理屋の前に止まった。同僚と来たことがあると言った。

コートを取り、掛けてくれる。すべてが以前と同じだった。

「少し痩せたね。二年間、君は何を考えて、どんなふうに暮らしていたんだろう。僕が思っていた何分の一かでも考えてくれていたんだろうか」

向かい側の座椅子に寄りかかり、腕を組むと、まっすぐに尚子を見て言った。

「君の言う通り、同じような職種のお嬢さんとも付き合ってみた。自棄《やけ》になって飲んだくれても見た。だけど、僕が塙という家に生まれ、育ったことをどうしようもない。お坊ちゃんに見えようが、生活の苦労を知らなかろうが、金遣いの桁が違おうが、それは僕のせいじゃないという結論に達した」

静かにお茶を飲むとさらに続けた。

「同じことは君にも言える。静かな環境で、一人一人が互いに理解しあい、やさしさを分け合いながらひっそり暮らす。それは君がそういう家に育ったからじゃないか。お互いにそれは、事実として認め合うより仕方がない。そのうえで塙という家に育った僕が、臼木という家に育った君を愛してなぜ悪いのか……」

浩樹は、何かを飲み下すように黙ると、また、お茶に手を伸ばした。

「あの時は、僕の家や、生活に対する君の気持ちが分かりすぎてしまった。僕のせいでもないその事実への腹立たしさもあって、君の宣言を受け入れたよ。尚子なんかよりもっと素敵な女性を見つけてやるなんて本気で思った。だから意地もあって、頑張ってきたけど……変えられなかったよ」

浩樹の言葉はポツンと切れた。尚子は自分の結論を決めなければと焦っていた
「君にとって、僕はもう過去の人間になっているかもしれない。それを知るのはつらいことだ。でも、どうせ聞くなら、君自身の口から直接きく方がいいと思った。だから、真紀子さんに頼んで、君をだまして呼び寄せてしまった」

尚子は、徐々に片隅へ追い詰められていくような気がした。だんだん逃げ場がなくなる。もし以前に決めた通り、変えないのなら、今、しっかり言わなければ。浩樹は悲しむかもしれないが、もう決して会おうとは言わないだろう。二年間は、そのために十分すぎる時間だ。

「今、君には好きな人がいるの」

浩樹の訊ね方は優しかった。ゆっくり顔を上げた尚子は、全身でその優しさを跳ね返すように、ゆっくりと首を縦に振った。浩樹の目の色が、さっと変わるのが分かった。尚子

は、こめかみのあたりから湧き出てくるような痛みにじっと耐えていた。

浩樹は静かに立ち上がると、窓の障子を引いて下を見下ろした。長い静寂が続いた。

「尚子さん、松の雪がきれいだ」

そういった声は落ち着いて聞こえた。尚子はそっと立ちあがると、浩樹の傍に立った。

二階から見下ろす松の木には、作り物のようにほっこり雪が乗っている。吹いているとも分からぬ風に、ふわっと舞い跳んで散っていく様子が、尚子の心をさらに悲しませた。

「今まで僕が本気で望んで手に入らなかったものはなかったけど、今度こそお別れだね」

沈黙の後、浩樹は静かに言った。並んで見下ろしている松の枝に小雀が一羽、寒そうにとまって、心もとなげに震えていた。あの小雀にも母親はいないのだろうか。母を思った。母は、浩樹とのことを喜んでくれていた。すると、突然涙があふれ、どう止めようもなかった。

「送ろう」

振り向いて、初めて尚子の涙を見た浩樹は、いきなり尚子を抱きすくめた。

「君の返事がノーなら、格好良く去ろうと決心してきたのに。どこかでまだ、君と気持ちがつながっていると信じていたのに。僕は僕だ。君は家と結婚するわけじゃないのに」

息もできないほどの激しさに、わざわざ訪ねてきた浩樹の切羽詰まった気持ちを感じてしまった。

涙を流してしまったことに戸惑い、浩樹の激しさに負けた尚子は、思わず浩樹の背に腕を廻し、激しく身を寄せていた。

〝また、同じ繰り返しになるのに〟

片隅にふっと沸いた思いを吹き消すように浩樹の抱擁に応えていった。

尚子の中では、宙ぶらりんのまま、冷えてしまった食事を共にし、表面上はブランクが埋められた形になった。浩樹は雪を心配する尚子に急き立てられる様に、明るいうちに出発していった。

尚子は父に電話して、その夜、アパートに泊まった。

大きな病院の息子として育った浩樹の言動は、洗練されていて自然だった。母につききりの尚子に、浩樹は優しかった。単なる同情と思っていたが、母の死後も交際は続き、図書館の司書として、札幌市内の高校に非常勤で入った頃から浩樹は尚子を自分の家に連れて行くようになった。

お手伝いさんがいて、たくさんの人が出入りする生活、尚子は、そこに浩樹の妻としての自分をいつも置いてみていた。合わせることはできても、この生活に心から溶け込めるという自信は持てなかった。いつも浩樹のペースに合わせ、背伸びをし、合わない生活の中に自分を閉じ込めておくことはできない。だから別れた筈なのに。それがどんな風に変わったというのか。

温まった部屋の中で、そんなことを考えながら、グラスにウイスキーを少しだけ注ぐ。琥珀色の薄い液体が底を鳴らしながら氷にぶつかって散るのを美しいと思った。

明日仕事があるのに、衝動的に出てきた浩樹の心を嬉しくも思い、中途半端に期待を持たせてしまったかもしれないことが気にはなったけれど、何事もなく浩樹を送り出せたことに安堵していた。二年間の空白が、その空白を作り上げた理由に単純に答えることができるとは思えなかったからだ。

水道の元栓を落としながら、窓のブラインドを少し上げてみる。さっきは全く降っていなかったのに、桜の花びらが舞い散るように淡い雪が一ひら二ひら舞い始めていた。空を仰ぎながら、そういえばあの人はどうしただろう、ふと周平のことを考えていた。

周平は、その頃、宮川の教員住宅の一室で目覚めていた。額に手を当ててみる。もう熱もなく、体調はすこぶるよかった。ヒヤッとした尚子の、あの手の感触を思い出す。体中のあちこちに尚子の手の跡までが残っているように思えた。

思いがけず、義母以外の女性に接したための一時的な興奮状態なのかとも思ってみる。

あの人に女としての煌びやかさはなかった。何か若さに似ぬ抑制感があって、透明なはかなさが感じられたのは、自分の病気のせいだったのだろうか。別れたばかりの車の中で宮川は言った。

「あれは、何かありますな、周平君。ただの知り合いじゃなさそうだぞ。お互いの雰囲気が、かなりの訳ありだ」

「うん」

「歳格好もまあまあだしな。お前、惚れたんと違うか」

「いい娘さんだ。親父さんがまたいい」

「奥さんに忠義建てして何年になる。もう十年か。珍しく気を引く人が現れたと思ったら、訳ありとはな」

「勝手に先取りするなよ。いい娘さんだと言っただけだ」

周平も喫茶店であった男は、ただの知り合いではないと感じていた。帯広までの車の中で、人を愛したことがある、と答えた尚子の表情が思い出された。あれは過去のことではなかったのか。

周平は菜穂子に思いを移した。学生時代から山で知り合った仲間だった。六カ月になる娘を義母に頼み、しばらく山行きを休んでいた奈穂子を黒岳に誘ったのだが、吹雪の中で足を滑らせて尾根から滑落し、春までみつからなかった。雪の中の菜穂子の別れた時のままのデスマスクがそのまま、頭の片隅に住みついていた。

菜穂子の死後、娘は菜穂子の母に育てられた。そして、周平の母の死後、義母は、苫小牧から出てきて、周平親子の世話をしてくれた。義母にとっては、菜穂子の忘れ形見でもあり、手放すに忍び難かったのだろう。これまでは、三人の平穏な生活の中に、菜穂子もひっそり息づいていたし、仕事に専念する分、不自由を感じたことはなかった。

そんな月日の中で、尚子との出会いは新鮮だった。病の中で、額に置かれた冷たい手に母を感じた。それは、死んだ母とも違い、娘にとっての菜穂子とも違う。より抽象的な〝母〟の手だった。

「なお子」

どちらへともなく呟いてみて、周平は突然、帰りに大樹に寄ろうと決めた。今は、広い川を挟んで、細長く続く街並みがとても懐かしいものに思われた。

周平は、隣室の宮川の微かないびきに安らぎを感じ、この二、三日がずいぶん長い日々だったと考えながら、静かに目を閉じた。

# 八

臼木俊一は、新聞の詰将棋を見ながら駒を進めていた。長男が就職し、尚子が札幌の大学へ行き出すと、妻は極端に寂しがった。特別話が上手でもなく、いつも一方的な聞き役の俊一は妻に将棋を教えた。駒の数で差をつけると、結構相手になれる程上達して来ていた。将棋友達の紹介で近所やクラスの親たちなどにお茶を教えるようになって昔の闊達さを取り戻し、ホッとしていた矢先、妻の病気が骨にできた一種の癌であると宣告された。その日、俊一は近くの墓地を意味もなく歩き回った。転勤場所ごとに転院を繰り返していたが、尚子が卒業するころから、病状は深刻になっていった。

学校の帰りに、見舞うと妻はいつも機嫌がよく、家にいたころと同じように茶目っ気を見せて、俊一を笑わせたりした。

病状が進んできて、癌センターに通いやすいように近くに転勤希望を出した。

癌が咽頭部に転移して、舌が腫れ上がり、話がしづらくなっても明るさは変わらなかった。首のくびれがなくなり、顎からまっすぐ胸が続いているように見える。舌が膨らんで、食べることは勿論、唾を飲み込む事さえ難しくなってきた。食べ物はみじん切りにして、舌の奥の方に送り込んでやる。その上、よだれを始終拭いてやらなければならない。それは俊一には辛いことだった。勿論、言葉の意味も充分伝わらない。

「帰るけど、何か欲しい物はないか」

広告紙を二つ切りにして閉じたものとマジックを渡すと、決まったように、

「ごめんね、早く良くなるように頑張るから。ちゃんとご飯作って食べてよ」

と、乱れた文字で書くのは、いつも俊一の心配だった。

「じゃ、行くから」

入り口で振り返ると、寝たまま痩せた片手をベッドの端で力なく振っている。そのたびに足が重くなった。

休みの日は替わってくれていたが、尚子は母親が院内の関係者に気を使っているのを見て、四月いっぱいで仕事を辞め、毎日病院に付き添ってくれるようになった。

毎日一緒にいる尚子は、どんな思いで看病しているのかと、そればかりが気になった。

塙浩樹が交際したいと言って来た時、尚子にも喜びが感じられたし、三年も看病し続けた尚子の気持ちが少しでも和むならと嬉しかった。しかし、大樹に来るとき一緒についてきて以来、塙との間は、まったく途絶えているようだった。

尚子が今の会社に勤めるまでの二カ月、俊一は尚子と二人になるのが辛かった。暗く沈

んだ表情でいる娘と、食卓に向かい合うと、妻の存在がいかに大きかったかを思い知らされる。

　初めの頃、尚子には声を掛けることさえためらわれるような研ぎ澄まされた暗さがあった。帯広で勤めると言われたとき、一人暮らしの辛さより、尚子と別れられることに、むしろ安堵した。働き出してその暗さは、徐々に薄らいではいたが、今も元の尚子には戻ってはいない。

　そんなことを考えながら、一局詰め終わるころ、電話がかかって来た。

「もしもし、昨日お世話になりました河野周平です。お蔭ですっかり良くなりました。今、帯広まで戻ってきましたが、これから、ちょっとお邪魔してもいいでしょうか」

　快諾し、尚子が帰らないことも予想して、俊一は冷蔵庫を覗くと車で買い物に出かけた。

　周平は三時頃やってきた。挨拶を済ませると、車に戻り、大きな鉢物を抱えてきた。

「植物がお好きなようでしたので。こんなことでお礼には代えられないのですが」

　陶器の一抱えもある鉢を玄関に置くと、被せてあったラシャ紙を外した。見事に蕾を付けた沈丁花だった。いくつか開いた花が芳しい香りを放つ。とりあえず居間に入れた。俊一は、周平の人柄を感じて嬉しかった。

「まあ、勝手知ったる他人の家でしょう。入って、入って」

「尚子さんは」

「ええ、昨夜は帯広に泊まりました。友達と会ったようですから」

周平はウイーンで会った男を思った。一瞬だったが、なぜか鮮明に顔を覚えていた。端正な容姿に加えて、身なりも際立っていた。

「そうですか。こんなに元気になれたのも、尚子さんのお蔭です」

あえて話題を変え、宮川の家のことや十勝の印象などを話した。

「河野さん、尚子は帰るかどうかわかりませんが、今日は泊まっていきませんか。実は、明日札幌で昔の仲間たちと会う約束があって、汽車でと思っていたんですが、できればご一緒させて戴きたいし、この間は病人でしたからね、お勧めするわけにもいきませんでしたが、今夜は二人で一杯やりませんか」

「ええ、それは構いませんが」

決めかねているところへ、尚子から駅まで迎えに来てほしいと電話があった。俊一はすっかり泊まることに決めて、迎えに行く用意を始めた。尚子に自分の気持ちを見透かされそうな気もしたが、泊まることに決めると、周平が迎えに行くことにした。

駅前の小さな旅館の前に車を止めて降りていくと、ドアを押して尚子が待合室から出てきた。

「どうなさいました。大丈夫なんですか」

周平は、事情を説明しながらも尚子の表情を見逃さなかった。心配してくれてはいるが、昨日の男に対するような表情はなかった。

車に戻ると、周平は、中から助手席のロックを外し、ドアを開いた。


尚子が夕食の支度をする間、二人は将棋を始めた。尚子にはよく分からなかったが、周平も結構強いようだった。お節《せち》に父が買ってきた刺身を揃え、納戸から出したコンロにホーローのおでん鍋をかける。煮込んであった具を入れ、酒の燗を始めた。

「いやいや、なかなか怖い将棋ですね」

「いえいえ、きちんと勉強したわけじゃありませんから、足元にも及びません」

二人は料理をつつきながら飲みだした。

「スキーなんかやりますか」

「ええ、この顔を見ていただければ。妻を冬山で亡くしているのですが、それでも懲りずに、冬山に登っていますし、スキーにも行っています」

「お子さんは」

「ええ、いとこが夕張にいるものですから、今頃、レースイでスキーでもやっているでしょう。一緒に連れ歩いたりもするんですが」

「そうですか。私が山の学校へ転勤することが多かったものですから、この子たちもよく山スキーをやりましたよ。私ら、交際範囲も狭いものですが、河野さんのように多くの先生や学生さんなど交友関係も広い方たちは、学校以外ではどんなことをなさっているんですか」

「僕は、大学の中だけに偏る生き方は嫌いなんです。僕自身は、土壌の微生物について研究しているんですが、いろんなつながりで、酪農家とか、自治体労働者、農業学校の先生とか、変わり種では動物園の飼育係とか土建屋さんとか、いろんな人たちとサークルを作っているんです」

「どういう」

「よく学者バカなんて言われますが、研究以外のことは何もわからんと言われるのは癪ですからね、お互い見聞を広めようというところですか。共通課題と言えば、自然を守るということでしょうか」

周平はおいしそうにおでんの大根を頬張りながら、尚子の方もチラッと見て話し始めた。

「生物は、動物も植物も、もちろん人間も含めてですが、最も適した土壌に棲息しています。もし、その生物に適した条件が損なわれれば、移動できない生物は死に絶え、移動できるものは、よりよい場所を必死になって探します。あいまいに妥協していれば、しばらくは生きていられるでしょうが、結局は自分を殺すことになりますよね。こんな話し合いをしたことがあったんですよ」

周平は俊一に酒を勧めながら、

「川釣りの名人は、自然の変化に非常に敏感です。こんないい場所になぜ魚がいなくなったのか。その日の条件や、その年の川の変化や、お魚さんの事情にもよりますが、名人がおかしいと思うとき、その川には、何らかの変化があるんですね」

尚子は、周平の結論がどこに行くのかと、時々台所に立ちながらも耳を澄ましていた。

「河川改修をしたとか、上流に何か工場が立ったとか、農業排水が流れて来たとか、家庭の雑排水の垂れ流しとか。そこで、原因が追究され、回復するまでその川は禁漁ということになります。そこに生息する魚の種を保存するためです。臼木さんならこの禁漁に賛成ですか、反対ですか」

「そりゃ、まあ、理由はどうであれ、魚がいなくなるんですからね。しばらくは休んだ方が、少しでも残っている魚を救うためにはいいんじゃありませんか」

「一般的にはそうですよね。ところが、僕のサークルの結論は反対なんですよ。何故か。稚魚を放流するとか、野鳥を観察するとか、卵を守るとか、人工飼育をした蛍を放すとか、気づいて心配している人が、あちこちでささやかな運動を続けていますね。それを否定するものではありません。そういうことをやりながらも、なお禁漁はすべきではないというんです」

俊一は怪訝な顔をしたし、尚子も洋辛子を練りながら、父の言う通りだと考えていた。

「蝶の採集なども同じです。本当に蝶を愛おしむ採集者は、資料を読み、どういう地形の、どんな植物や鉱物のある場所にいるのか、よく研究して出かけます。バカ採りもしません。こういう人たちも自然の変化には敏感なんですね。採集そのものを禁止することは、変化どころかそれぞれの生物の適性そのものが分からなくなるということもあるんです」

「確かにそうですが、マナーのいい人ばかりではないですよ。希少種だと言って、植物などは金儲けで根こそぎ掘り出す悪い奴もいますから。そんなのから守るためにも、禁漁はいいのではありませんか。少なくとも、絶滅という点は防げます」

「ええ、金儲け主義の採取からは。しかし、開発という名の自然破壊は、何十億も何百億もの速度で進んでいます。禁漁とか、採集禁止という対策を取ったといって、非難をそちらに向けて、蔭で大開発を行う。魚が少なくなった、即禁漁というのは、救いのようで、開発というお化けを野放しにする場合が多いんですね。その根源に気付くためにも、釣や採集はさせるべきだというんです」

俊一は考え込んでしまった。

「そんなことで太刀打ちできるかという者あり、人間が開発すること自体、自然の一部であって仕方がないというものあり、現在の政治家を頂点とした大なり小なりのもうけ主義者を正すのが我々の役割だと息巻く者ありで、フリートーキングはかなり白熱します」

「なるほど、分かってきました。禁漁かどうかという域でとどまっていてはいけないということなんですね。それよりももっと大きな原因に気付くべきだと……」

「そうなんです。かなり逆説的ではありますけどね」

尚子もかなり大胆な結論だと思った。

「それで、河野さんの研究とはどんなかかわりを持つんです」

父が、周平のグラスに酒をつぎながら、自分にも継ぎ足しているのを見て尚子はチラッと目で合図を送った。心臓に度を越したアルコールは良くないとされていたからである。

「ミミズの多い土地は肥えていると言われるでしょう。土壌の微生物が、動植物の死骸など、いろんなものを食べ、分解して土に排泄物として戻すからなんですよね。それが土を肥やし、空隙を増やし、植物を肥やすんです」

「それは分かります。私も少しは植物を育てていますから」

「それが最近は、化学肥料を大量に使う、合成洗剤や工場の廃液を放置する、都会では、コンクリートずくめで、下水は雨水を含めて一か所に集め、処理して川に放流する。こうした事すべてが土壌の微生物を殺し、土を殺すんです」

周平の口調にだんだん熱がこもってきた。

「土も生き物ですからね、自然を壊すものには反抗するんです。それが土砂崩れであり、水質の汚濁です。知ってか知らずか、多くの人間のやっていることが、自然をどんなに破壊していることか……」

尚子は、そんなことを考えたこともなかった。自分の職場できちんと仕事をこなし、貰った給料の中でやりくりし、好きな本を読んだり、映画を見たり、真紀子たちとお茶を飲んだり、父の心配をすることが尚子の全生活であり、思考の範囲だった。

「自然の中では、人間も鳥や虫も同じ生物の一部に過ぎません．他の生物を破滅に導くということは、自らも例外ではありえないということです。しかし、成り行き任せで絶滅を待っている他の生物とは違う筈です。人間は、意志を持ち、知恵を持っていますからね。自然を壊すこともできますが、守ることもできると思います。それが救いです」

「本当にそうですね。自分のやっていることが、全体にどう影響しているかということを考えなければいけないってことですか。一部だけを見れば些細なことでも、全体にすごい影響を与えていることが多いってことなんですね」

「ええ、僕の立場で言えば、つまり、学問を何のためにするかということに帰っていくんです。自分の成果を上げるためではなく、本来こうあるべきものが、今こんな状態に置かれている。将来こうすべきなんだということを検証しながら、それぞれの立場で主張していこうということなんです」

尚子にも周平の熱意は伝わった。

「分野ごとの研究では、根源を見失ってしまう。だから、いろんな人が集まって話し合うんです」

周平は酔いも手伝ったか、自説を力説した。

それから話題は、人間そのものに跳び、俊一が主体で、いかに子どもが蝕まれているかという話題に変わっていった。二人の話には、小、中学生から大学生まで登場し、自然の破壊と人間の破壊が、どんなに密接なつながりを持つかという点で重なっていった。

全体を見ない即物的な教育、職のための金の絡んだ教育がいかに氾濫しているか、壊すことではなく生きるための、部分ではなく全体を見通しての考え方というのは、学者としても教師としても、親としても、子どもに与えるべき最も大切なものだという風に帰結していった。

「近くなら、僕も仲間に入れてほしいくらいですね。忘れていたものが甦って来るようですよ」

興奮を抑えきれない様子で俊一が語っている。

周平は全く言葉を挟まない尚子を意識しながら話していた。確実に聞いてくれてはいると思うのに、一言も言葉は挟まず、必要なところで何気ない心配りを見せる尚子に本気で囚われだした自分を意識していた。


周平は二階の和室に案内された。床の間には、山水画が掛けられ、花が生けられていた。

「電気敷布は、お嫌でしたら、眠る前にスイッチを切ってください」

「どうもありがとう。こんなつもりではなかったのですが……また、あなたにご迷惑をかけてしまった」

「いいえ、父があんなに生き生きと話すのは傍で見ていても嬉しい事ですから。母が元気なころはよく若い先生方が来られたんですけど……。私と二人ではあまり話しませんから、逆にお礼申し上げなければ。私もお話し伺っていろいろ考えさせられました。本当にいつでも寄ってください」

もう少し話したいと思ったが、尚子は静かに引き戸を開けると
「明日は声を掛けるまで、ぐっすりお休みください」

と挨拶して階下に降りて行った。

周平は、温まった布団の中で思いっきり手足を伸ばした。部屋の空気は、冷たいと感じる程だったが、久しぶりに心が浮き立つような気がした。

〝菜穂子、君と同じ呼び名だ〟

ウイーンで会った男が脳裏をよぎる。そのとき、突然、沈丁花の香りとともに、何か心にかすめたものを思い出した。尚子が歌うように唱えた言葉だった。

〝ゆずり葉に乗って、ゆずり　ゆずり　ござった〟

ゆずり葉は、新芽が出てから古い葉が、代を譲って落ちてゆく。落葉も悲しいことではなく、おめでたい時に使われる。葉は、それもあって正月の生け花に使われるとも読んだことがある。植物図鑑には、確か蝦夷ゆずり葉と書いてあった。

〝なお子、ゆずり葉……〟

山の中の大きな木だったように思うが、いつか探してみようと考えているうちに眠りに

ついた。

俊一も周平と尚子を並べて考えていた。学者面をせず、広い層の人と付き合って自然保護を基調とする考えが、その考えや生き方に貫かれている。年齢が少し離れているかもしれず、子どももいる。しかし、数日の付き合いだが、前妻のために今まで独身を通し、妻の亡くなった後も義母と　子どもとともに生活できるという人柄は十分に感じ取ることができた。

尚子は、塙以来、特定の相手もいないようだし、一挙に母親になることも、尚子なら不可能ではない。何とかできないものか。母親なら、言い聞かせることもできるのに、と妻の死を恨めしく思うのだった。

明日、札幌までの車中で、まず、周平の気持ちを確かめてみよう。やっと方向を見つけて、やはりいつか眠りについた。

尚子は尚子で、洗い物をしながら、これまで聞いたこともない分野の話を反芻していた。

〝私に適した土壌というのはどんなところなのか。自分が生活する範囲だけのちっぽけな土壌さえ、今、浩樹さんに吸収されようとしている。浩樹さんの土壌とは……。あいまいな妥協は、自分を殺すことになると言った〟

浩樹自身は、これまで育ってきた土壌の範囲内で最大限に生きて羽ばたいているように見える。その土壌に私は同化できるのか。

吸収されるということは、彼の言う禁漁と同じではないのか。蝶は勿論、採集者も駄目になってしまうということは。

尚子と浩樹の土壌は、同じほどの広さで空気の密度が違うという程度だが、それに引き換え周平の土壌の何と広く深いことか。根源を知り、自然を守るために、むしろ採集することが必要という論理は新鮮だった。開発という名の根源に視点を持たない保護は、まやかしだと言っているのだ。私は蝶ではない。意志を持った人間だと改めて思った。

しかし、その論議を煮詰めていけば、どんな結論になるのか、予想がついているからこそ、それ以上考えを進めることができなかった。

室内の暖かさで、沈丁花の花が、いくつも綻びかけている。

〝この鉢は明日、玄関に移動しなければ〟

尚子は、ストーブの火を消すと、花の香りに送られて居間を出た。

# 九

朝食の後、俊一は用足しに出かけて行った。尚子が入れたコーヒーを飲みながら、周平が尚子に言った。

「ウイーンで尚子さんが歌ってくれた詩があったでしょう。あれをもう一度、教えてくれませんか」

「ああ、お正月さんがござった、というのですか。あれは、母が勝手に節をつけて読んでくれたものなんですよ。

〝お正月さんがござった、どこまでござった。どうどの山の麓まで、ゆずり葉に乗って、ゆずり、ゆずり、ゆずりござった〟っていうんです」

尚子は、少し恥ずかしそうにしながら、あの時と同じように節をつけて、小さな声で歌った。

「どうどの山っていうのは、魔物が住むという険しい山なんです。その中に出てくるお正月さんは、確かおじいちゃんの姿をしていて、子どものない夫婦に赤ちゃんを授けて、すっと消えた後に、ゆずり葉が一枚落ちているんです。母によく読んでもらいました」

「ゆずり葉っていうのは御存じですか」

「ええ、母に聞いたくらいですけど」

尚子の母はほぼ正確に伝えていた。

「いいお母さんだったんですね」

周平は戻ってきた俊一を乗せて、日高周りで帰って行った。


その日、尚子は、早めに布団に入った。

眠りに就いた頃、開け放した居間の電話の音で飛び起きた。九時半だった。

「もしもし、臼木さんのお宅ですか」

聞きなれない声がせわし気に問いかける。悪い予感がさっと背筋を駆け抜けた。

「私、臼木君の同期で早瀬と申します。実は、いましがた、道路をみんなで歩いていましたら、突然、臼木君がしゃがみ込みまして……もしもし、もしもし、分かりますか」

「はい」

「持っていた薬は飲んだのですが、意識がなくなって、救急車で病院に運びました」

「心臓が悪かったんです」

叫ぶように言ったつもりだったが、尚子の声は震えていた。

「医者は大丈夫だというんですがね、一応、連絡と思いまして」

早瀬と名乗る電話の主は、いちいち確認しながら病院の住所と電話番号を告げた。

尚子は自分の胸の鼓動がはっきり分かった。

上の空でメモだけ取りながら、どうすべきか考えるのだが、焦点が定まらない。この夜中に札幌まで車で走る自信はない。帯広まで走れば夜中の石勝線がある。

しばらく無為の時が流れた。とにかく父の様子を正確に知りたい。直接病院にとも思ったが、尚子は住所録に挟んだ周平の名刺を見て、受話器を取った。浩樹のことが頭をかすめたが、ためらわずダイヤルを回した。

「もしもし、河野ですが」

低く太い周平の声を聞くと思わず、涙声になった。事情を話すと、

「尚子さん、とりあえず僕が見てきます。病院から電話を入れますから、あなたはそのまま家にいてください。いいですか、出かけちゃだめですよ。僕の電話を待って行動しても充分間に合いますから。いいですか、そのまま、そこで待っていて」

「はい」

体全体が頼りなく、声も震えがちだった。

母の時も悲しかった。しかし、覚悟はできていた。しかし、父は通院していたが予想も

していなかった。昨夜、飲み過ぎたせいだろうか。心臓病についてあまり知識はなかったが、突然死が多いのは事実だった。受話器を置くと放心したように、父の寝室に入っていった。室内は冷え込んでいた。母を失い、今また、もし父が死んだら……。

〝嫌だ〟尚子は本気で首を振り、父のベッドに突っ伏した。遠くにいる兄にわけもなく腹を立てたりした。

気を取り直して外出の支度をはじめたところへ周平から電話が来た。

「尚子さん、僕が付いた時は、もう気が付いていて、ちゃんと話もできました。急に真っ暗な穴の中に落ち込むような気がしたそうです。それでも、気を失う前に薬を飲んだのが正解で、救急車の手配も早かったので、落ち着けば、明日にも帰れるそうだから、もう心配はいりません」

尚子は、ただ

「ありがとうございました」

と、周平が担当医師でもあるかのように繰り返した。

「尚子さん、大丈夫ですか」

「はい、大丈夫です。取り乱してすみません。遅くに、本当にお手数をおかけしました」

「電話くれてありがとう。とても嬉しかった。少しは恩返しもできたし。もう少し近くなら、すぐにでも迎えに行くところなのに……」

周平は言い淀んだ。

「今晩は、僕がずっとここにいるから、安心しておやすみなさい。明日、様子を見て大丈夫のようなら、僕が送っていきます」

「いいえ、私が行きます。朝、帯広まで車で出て、九時過ぎの汽車でまっすぐ、病院に行きます」

「心配しながらの運転は危ないから」

「ええ、でもやはり私が出かけて行きます」

「そう、じゃあ、そうなさい。気を付けていらっしゃい」

「はい、本当にありがとうございました」

「尚子さん……、僕の心の中は、今、君のことで一杯だ。おやすみ」

それだけ言うと、返事を待たず電話は切れた。尚子は、しばらくそのままの姿勢で、じっと立ち尽くしていた。

次の朝、出かける用意をし、花を居間に集めた。父の寝室のドアを開けてパネルヒーターを開く。乾いている鉢に水をやり、霧吹きで水分を補給する。

六時半頃、周平から電話が来た。

「もう出かけたかと思ったけど良かった。お父さんはとても元気だけど、君が来るまで、少し検査をすることにしました」

「そうですか。もう少ししたら出かけます」

「車は十分気を付けて……。昨日は、年甲斐もなく、感情的なことを口走って反省しています。尚子さんの置かれている状況や、感情を無視して言うべき言葉ではなかった。僕の勝手な気持ちですから気にしないでください」

「いいえ、あの……先日のお話で言えば、私は禁漁することが自然保護だと思っていましたから。河野さんのようにそんな考え方がある事さえ、気づかずにいたんです。私自身がどんな土壌に生活すべきなのか、おっしゃるように、それは私自身が決める事ですし、また、決めなければならないと考えています。あの、自分でも何を言っているのか分からなくなってしまいました」

短期間に、目まぐるしく変わる自分に対する自己嫌悪感が邪魔をしていた。

「つまり、私には解決しなければならない問題があって……」

「尚子さん、ありがとう。自然保護というのは息の長い仕事です。もし少しでも目を向けてくださるなら、一緒に運動できる日まで、いくらでも待てますし、協力もできると思います」

「はい……」

「お正月を運ぶゆずり葉が、ボクを尚子さんの家に運んでくれたのだと思っています。来年は、君を運んできてくれるように、今から頼んでおくことにしましょう。本当に気を付けていらっしゃい」

自分でもよく分からない話が、周平には通じたようだった。

外の空気は、ピンと張り詰め、風は刺すように冷たかった。日高の山並みが澄み切った空に映え、楽古岳《らっこだけ》がそそり立って見える。

いつも眺める日高山脈の南端に近く、オムシャヌプリの双子の稜線が今朝も並んでスッキリ見えた。

尚子は、静寂を突き破るようにエンジンをかけた。

歴舟川を渡り切る頃、昇り始めた朝日が、尚子の車を背後からぐんぐん追いかけ始めた。

# さとうきび畑

# 一

どのくらい時間がたったのだろう。

顔にヒタッと落ちた水滴をぬぐう。光がない。目を見開いてみる。何も見えない。

どこにいるのだろう。軍手を取って、素手で周囲に触れてみる。ごつごつした石の感触。ジーンズが湿っぽく、髪も濡れている。

そうだ、足を滑らせて落ちたのだ。懐中電灯は……再び素手で触れてみる。硬い岩盤が傾斜している感じがするだけで、他には何も触れない。

どうしよう。ガマの中に一人で取り残されてしまった。懐中電灯は滑った時にどこかに放り出されてしまったらしい。頭の中が真っ白になった。

立ち上がってみたが、真闇の中では歩くことができないという事がよくわかった。通路に出なければ……菫《すみれ》は四つん這いになって手探りで高みに向かって進み始めたが、光のない所では方向も全く分からない。耳を澄ましてみても何も聞こえなかった。あちこちがむしゃらに動き回ったすえ、菫は疲労と絶望感で座り込んでしまった。

沖縄には父が来るはずだったのだ。

ニトロを持って歩くようになった父は、

「戦後五十年もたったんだなあ。いつまで元気でいられるかもわからんしなあ」

と呟いていたが、数日前から急に体調を崩した。菫は、二つのことを託されて、二日前に沖縄行きが決まったのだった。

一つ目は、戦後五十年を記念して作られた「平和の礎」に祖父の名前を確認することだった。

そしてもう一つは、奇跡的に助かった戦友から聞いた、祖父が亡くなったという南城市内糸数のアブチラガマを訪ねることだった。

はじめて来た沖縄を効率的に見ようと、朝早く起きて、午前中は市内の観光地を巡るバスに乗った。壕の近くで降りた菫は、野菜の入ったざるを抱えた農家の人らしい女性に声を掛け、一人でも大丈夫だろうかと聞いてみた。すると、

「一人でガマに入る人は少ないけれど、ちょっと前にマイクロバスの人たちが入って行ったから、急げば追いつけるかもしれないねェ」

と、菫の装備を見ながら、沖縄独特の言い回しで答えてくれた。

最初に大変そうなガマの探検を選んだ。父が用意していた旅行案内を見ていたので、いつか行ったことのある北海道当麻町の鍾乳洞を大きくしたものを考えた。前の一行に追いついて、一緒に回ることができれば、目的地も大体頭に入っているし、大丈夫だろうと考えた。

パンフレットを見て、用意してきた軍手を履き「頭上注意」と書かれた狭い入り口にかがんで入った。証拠写真を撮るカメラなどをウエストポーチに入れ、Tシャツにウインドブレーカーという軽装で訪れたのだった。

証拠写真を早く撮って、あこがれていた青い海や白い砂浜を見たいと思っていた。

入り口の光がなくなると、ひんやりした真闇になった。しかも足元は岩場で不安定、湿ってつるつるして心もとない。案内のパンフレットで目的地の時間を計算しながら、前の一行に追いつかなければと、ひたすら先を急いだ。

懐中電灯の前方に、何か光るものが見えた気がして、通路から降りて歩き出した途端、足を滑らせたのだろうか。

普段は無口な父が、祖父の話になると涙を見せ、絶句することが多くなっていた。大好きだったという父親は、父が五歳の時召集され、負傷して、最後は沖縄の糸数にあるこの壕の中で戦死したと聞いた。

戦友の平野さんの話では、ここに陣地を構え、ひめゆり女学校の生徒たちとともに看護にあたっていた部隊が南部に撤退命令を受けた昭和二十年五月末、青酸カリを注射されたか、置き去りにされたのでは、という事だった。

このあたりに、蛆虫の這いまわっていたたくさんの死体が横たわっていたのかもしれない。いつか映画で見た沖縄戦の映像が目に浮かんできた。この暗闇の中に現実のようにその映像が揺れ動く感じがして、思わずあたりを見回し、落ち着かない気持ちになった。

鍾乳石から滴る水滴の音以外何も聞こえない。ひたすら物音を求める。このまま誰も来なかったらどうなるのだろうか。時計を見ようにも、光はなかった。

急に言いようのない渇きを覚え、生唾を飲み込んだ。

微かに連続音が聞こえた。左の方から聞こえる音は、少しずつだが近づいて来るように思える。胸がドキドキしてきた。

光は見えないが、少しでも近づきたいと、手探りで、音の方に向かってにじり寄って行った。音はさっきよりも更に大きくなってきた。微かに光が見え、チラチラと動いている。

声を出そうとしたが、喉が干からびたようになって音にならない。

何と言おうか。気味悪がって、引き返されたらどうしよう。声を掛けるのは、なるべく近づいてからの方がいい。

菫は苦労してつばを飲み込んだ。さまざまな思いが駆け巡る。足音が聞こえてきた。動きは更に強くなって、光の輪が頭をかすめて行った。

「すみません、お願いです。助けてください」

絞り出すような菫の声に、光が天井に跳ね上がり、動きが止まった。

「すみません。滑って懐中電灯をなくしてしまったんです。お願いです。助けてください」

菫は、もう一度、声を振り絞って叫んだ。

懐中電灯の光は、近くをさまよい、やっと菫の姿をとらえた。

—ああ、助かった—

菫は、全身の力が抜けてしまいそうな感覚に捉えられながら、光の中でゆっくり立ち上がろうとしたが、足を滑らせてふらついてしまった。

「大丈夫ですか。動かないで。今そちらに行きますから」

男性の太い声がして、光がうごめきながらゆっくり近づいてきた。

「助かりました。どうしようかと途方に暮れていたんです」

少し涙声で頭を下げると、光は菫の頭から足の先まで照らしながら、

「そうでしょう。かなり落ちましたね。怪我はありませんか」

と、その男性が言った。

「はい、大丈夫です」

とっさにそう答えてから、言われて初めて、後頭部がズキズキしているのに気づき、触ってみると大きく膨らんでいた。膝も少し痛い。それでも、痛みよりは助かった事が嬉しくて、腕時計を見ようとすると、光はスッと持ち主の腕に戻って、

「今、一時半ですよ。何時にガマに入られました。どちらから来られたんですか」

と矢継ぎ早に聞かれた。

「はい、一時少し過ぎです」

菫は名を名乗り、ここに来たいきさつをかいつまんで話した。

「僕は澤田拓也と言います。じゃあ、そんなに長く待ったわけではありませんね。歩くこ

とはできますか」

光の主の顔かたちは分からなかったが、声の感じは優しかった。

澤田は、しばらく菫の足元と、自分の前を交互に照らしながら歩いていたが、

「もし、嫌でなかったら、手をつなぎましょうか。このままではかなり時間がかかってしまいます。僕は登山用の靴ですし、ここは三度ほど入りましたから。その方が早く歩けます」

「はい、お願いします」

スニーカーはときどき、滑りそうになったが、澤田の手はしっかり支えてくれたり、引っ張ってくれたりした。

二

通路に戻ってしばらく歩くと、

「ここが僕の目的地なんです。ちょっと付き合ってくれますか」

と言われ、また通路から降りて斜面を降りて行くと、光の中で井戸のようなものが見えて、その近くを揺れ動いていた光が目的の物を探し出したらしく、澤田は何かを拾い上げ

たらしかった。

「もしかして、ここは井戸や竈があって、女子学生が近くで負傷兵の世話をしていたというところでしょうか」

　菫が思わず大声で聞くと、

「そうです。僕は知人が忘れたというフイルムを取りに来たのですが、あなたの目的もここだったんですか」

「はい、祖父がこの井戸の近くで負傷兵としてお世話になっていたらしいのです。助かって帰られた方の話では、最後には青酸カリを打たれたか、置き去りにされたのではないかという事でした」

「そうですか。ここが井戸だったところです。水がこんなに豊富だったので、何かの時にはこの地域の人たちの避難場所になっていたようです。あちらの方に、竈の跡もあります。ここからはたくさんの遺体が出て来たそうです。僕も、ここへ来てから、父の友人だった人に教えて貰ったのですが」

　菫は、幸い大丈夫だったカメラで、小さな表示のある井戸を写真に撮った。このカメラのスイッチを入れれば、さっきの暗闇で少しは周りが見えたのにと、苦笑しながら周りも写した。

父の体力では、ここまで来るのは無理だっただろう。あんな風に父親を思って涙する父のためにできるだけ克明に、と何枚も撮った。

「ここに置かれていた陸軍病院の分院には、多い時には、六百人以上もの負傷兵がいたそうです。木のベッドが作られていても、このじめじめした所では、病人も看護する人もどんなに大変だったか。奥の方には慰安所まであったと聞きました」

「こんなところにまでですか」

「ええ、もう戦争が終わっていたのに、神の国が負ける筈がないと信じていた、いえ、信じさせられていた残留部隊は、住民を巻き込んで、昭和二十年八月二十二日まで、二百人もの人たちがこの中で暮らしていたというのです」

「その終戦後の一週間に、この中で死んだ人もたくさんいたでしょうね。祖父もその中の一人かもしれない……」

「米軍が南の方に攻めて来た時は、確かに多くの重傷兵は、処置という名で、青酸カリを処方されたという事ですし、壕から撤退するときは置き去りだったようですね。幹部は自殺しましたしね」

　菫は、言葉もなく聞いていていた。

「ここには小川も流れていていて、食料も残っていたので、戦争は終わった。ここには軍隊の食料が残っているはずだと入ってきた村人たちを、敵のスパイだと言って撃ち殺したりしたので、一般の住民は『アメリカーより日本軍の方が怖かったねー』と言っていたそうです。そうですか、君のおじいさんもこの中で殺されたんですか」

敢えて殺されたという澤田の顔は見えなかったが、声に深い思いが籠っていて、菫は思わず父を思い涙ぐんだ。

「でもね、一方では、苦しんで死んでしまった友達の死体が蛆の住処になり、腐って悪臭を放つようになっても、そこから動く気力さえなくしてしまったような重症の兵隊さんが、米軍が投げ入れた黄燐弾という爆弾で吹き飛ばされたところが、小川の傍だったために、その水を飲み続けることで、奇跡的に助かった人もいるそうなんです」

「本当ですか」

その人が祖父だったらと思った。父がこの話を聞いたらどんなに残念がるだろうと思った。

かわいがってくれた小さな頃の思い出だけを残して、二度と会う事の出来なかった父親への思慕は、年齢とともに深まっていくのがよくわかった。最後の地を訪れたいと早々に短い旅の予約をしたのも、健康への自信のなさが後押ししたのかもしれなかった。

「僕たちには、その当時の戦争のことは何もわからない。僕には、君のような肉親の悲しみを聞く機会もなかった。でも、ここにきて、過去の戦争の話、とりわけこの沖縄の人たちの悲しみ——赤ん坊が泣くと、この壕のすべての人が殺される。赤ん坊を泣かすなと言われて、親が我が子を殺す。子が親を、兄が妹を……」

澤田は、一瞬言葉を詰まらせた。それでも、菫に事実を語ることが自分の使命でもあるかのように、静かに語り続けた。

「米軍が最初に上陸した慶良間諸島という所では、頼りの日本軍がいなくなって、パニック状態になった住民が、鎌や鍬で互いに殺し合ったり、木の枝にぶら下がったり、山火事の中に飛び込んだりして、先を争うように死んだそうです。小さな島で何百人もの住民が自殺したんです。捕まって辱めを受けるよりはって」

そのことは父もよく話していた。

——そりゃあ、アメリカ軍に鉄の雨と言われるくらい空からの爆撃を受けた。大砲でもやられた。火炎放射器でも焼かれた。でもな、沖縄の悲劇は住民の命を守ってくれる筈の自分の国の軍隊に、罪もない女子どもまでが殺されたり、殺し合ったり、自ら命を絶ったってことだ。親父だって、日本がもう少し早く降参すれば助かったかもしれないんだ——

父は、母が元気だったころから酒を飲むと涙をこぼしながら、同じようなことを幾度も繰り返した。

「あっちに空気穴があるでしょう」

澤田の照らした方を見たが、分散した光の中で、よくは分からなかった。

「やみくもに飛び出してきたり、投降を呼びかけても応じない日本兵に手を焼いた米兵はあの穴からガソリンを撒いたり、壕の入口を大砲で塞いで生き埋めにしようともしたそうです」

低いがはっきりした澤田の声が、ガマの中を巡って反響して聞こえる。

「そんな大変な生活の中でも、女子学生たちは、夜中になると壕の外に出て食事を作っていたと聞きました。昼間は煙が見えると攻撃されますからね。傷口が腐って、蛆がわいてきた兵隊の蛆虫取りも、気味悪がらずに、真剣にやっていたそうです。置き去りにされた重傷兵は、自分の排泄物まで飲んで、気力で頑張ったんですね」

菫は、何も言う事が出来なかった。

「沖縄の人たちは、ここに入ると、明かりを消して黙とうを捧げると聞きました。君のおじいさんのためにも一緒に祈りましょう」

懐中電灯が消されると、再び真っ暗闇に戻った。

菫は目を閉じ、今聞いた話を祖父と重ね合わせてみる。仏壇のある和室の梁の上に軍服姿の若い祖父の写真が飾ってある。その体中に蛆虫が這いまわるようすを思い浮かべ、身震いした。

その思いを振り払うように目を強く閉じ、思わず合掌する。

――父さん、おじいちゃんの亡くなった所に来たよ。父さんの代わりに手を合わせているからね――

しばらくたつと、

「もう、いいですか」

静かに声を掛けられ、明かりが点けられた。

三

出口は入口よりずっと広かった。

ぽっかり日の光が見えて、石段を登って行くと、穴のまわりはデイゴの太い根が幾重にもぶら下がり、外には大ぶりの日々草が咲き乱れていた。

黒に塗り込められた世界から、十一月だというのに、ピンクの花が咲き乱れる明るい日向に出られたことが訳もなく嬉しかった。

菫は、大きく深呼吸をすると、

「改めて、本当にありがとうございました。もしお会いできなければ、飢え死にしていたか、狂い死にでもしていたかもしれません」

初めて顔を見た澤田にペコンとおじぎをした。ベージュの登山服を着た澤田は、

「まあ、誰かは通ったでしょうが、まずは早くてよかった。お日様のありがたみが分かったでしょう」

と、がっちりした体に、日焼けした顔をほころばせながら、まぶしそうに菫を見た。

「はい、それに助けて下さった澤田さんがいい人で、本当によかったです」

「懐中電灯の光の中では、姿も声もか弱そうな人だと思ったけど、日向に出ると、活発なお嬢さんという感じですね」

白い歯を見せて、面白そうに笑った澤田は、

「怪我の方はどうです。痛いところはないですか」

と聞いた。菫は改めてあちこち見ると、ジーンズの膝が破れて血が滲み、全体がひどく汚れて湿っていた。肘からも血が出ていて、Tシャツの袖が血や水で濡れている。

「大丈夫だと思います」

これ以上世話になってはと思ってそういったが、

「うーん、少し手当をして行った方がよさそうですね。僕が泊めていただいている方のお宅が通り道ですから、寄って行きましょう」

澤田拓也は、同じように菫の体を一回り点検して、先に車を置いたという駐車場に菫を案内した。

大城という澤田の滞在先は、彼の父親の友人の家だった。大城夫人は、事情を聞くと、すぐに、自分のTシャツと短パンを出してくれ、シャワーを勧めてくれた。

汚れを落として、すっきりした菫の肘に包帯を巻きながら、

「あなたも拓也さんと同じ北海道なんですって。不思議なご縁ですね。南の端の沖縄の、それもあんな真っ暗なガマの中で出会うなんてね。拓也さんは札幌だけど、あなたは、北海道のどのあたり」

と聞いた。

「ええ、えりも岬は分かりますか」

「ああ、あの何もない春ですっていう……」

「ええ、ええ、そこから太平洋に沿って二つ目の大樹町《たいきちょう》というところです」

エー、と夫人と澤田は同時に大声を上げた。

「あの浜大樹がある大樹町」

「ええ、えっ、どうしてご存じなんですか」

逆に菫の方が驚いて、二人の顔を交互に見詰めた。

「夫が、拓也さんのお父さんからよくお手紙をもらっていて、私にも見せてくれましたから。詳しくは、昨日拓也さんに話しているのを、一緒に聞いたばかりなんですけど。自衛隊の演習場ができるというときに、大きな運動があった所ですよね」

菫は、七月の初め頃、知らない人たちがビラを入れて行ったり、父がそれを読んでいたりすることが、何年も続いているのは知っていたが、詳しくは分かっていなかった。

「君、浜大樹のある大樹町の人だったんだ」

澤田は、改めて言いながら、菫を見直した。

「ええ、川を挟んだ隣の浜の近くに住んでいます」

二人は、菫に澤田の父を通して知った三十年ほど前の「浜大樹」の話をしてくれた。

帰り際に、外まで見送りに出た夫人は、菫に汚れ物を入れた袋を渡しながら、

「これは返さなくてもいいから。お知り合いになったご縁に進呈します。新品じゃないけどね」

とTシャツの胸のあたりをつまんで笑いながら言った。

「町の中の広い場所は、戦後、アメリカの基地に取られて、沖縄の人たちは、広い基地の

近くに固まって住んでいるか、こんな風に町から遠く離れたところにしか家を建てられないんですよ。空港からは離れているけど、夜中も爆音はうるさいの。このあたりの風景は、さとうきび畑が多くて、寂しい所でしょう」

と周りを見ながら言った。

「あの、ざわわ、ざわわって歌われているさとうきび畑ですか。どれがそうだか分かりませんでした。父がよく口ずさんでいましたので、歌はよく知っているのですが」

「帰る途中、拓也さんに教えて貰って。本土の人は、雑草と間違えるくらいだから」

外まで見送りに出てくれた夫人は、助手席からお礼を言う菫に、笑いながら手を振った。

## 四

夕日の中を、ホテルに送ってもらう途中で、車を止めて教えられたさとうきび畑は、道路端の実の入らないデントコーン畑のようで、とても作物とは思われないような寂しげな風情の物だった。

父の声を　探しながら　たどる　畑の道

畑の柵に凭れて、さとうきび畑を見ながら澤田は、呟くように言った。

えっと、思わず聞き返しながら、ああ、これは父の歌の中にあったと思った。かさかさと乾いた音を立てるさとうきびを見ながら、菫も、

♫ざわわ　ざわわ　ざわわ　広い　さとうきび畑は
　ざわわ　ざわわ　ざわわ　風が通り抜けるだけ

と低い声で歌いだしてしまった。

車の外は、夕方と言ってもまだ暑かった。風の音を聞き、夕日の沈むのを眺めていると、

「知っていたら歌ってくれませんか」

と、澤田が夕日を見ながら、静かに言った。

じりじりと沈む残照を見つめながら、菫は父を思った。父の歌はいつも同じ歌詞の繰り返しだったり、順序があと先になったりしていた。

いつだったか、繰り返しの部分を省いてつないでみたことがある。菫は、澤田がつぶやいたように、思い出しながら一節ずつ小さく詩のように呟いた。

むかし　海の向こうから　いくさが　やってきた
あの日　鉄の雨に打たれ　父は　死んでいった
そして　私の　生まれた日に　いくさの　終わりが来た
風の音に　途切れて消える　母の子守りの歌
知らない筈の　父の手に　抱かれた　夢を見た
父の声を　探しながら　たどる　畑の道
お父さんと　呼んでみたい　お父さん　どこにいるの
このまま　緑の波に　おぼれてしまいそう

澤田は何も言わず、落ちて行く夕日を見つめている。

♫ざわわ　ざわわ　ざわわ　けれど　さとうきび畑は
ざわわ　ざわわ　ざわわ　風が通り抜けるだけ

いつの間にか、菫の頬は濡れていた。

詩の意味は理解していたつもりだったが、ここにきて、このさとうきび畑を前にこの歌を歌って、やっと本当に父の思いが理解できたように思えた。

――お父さんと呼んでみたい　お父さん　どこにいるの――

菫は父の代わりに心で呼びかけながら、澤田の傍で、消え去ろうとする夕日を見つめ続けた。

ふと、我に返ったように菫を見た澤田は、頬を濡らした菫に気付くと、肩を引き寄せ、包帯を巻いた肘を避けながら、腕をそっとさすってくれた。

「君のお父さんや、歌詞の中の子ども達には叱られるかもしれないけど、亡くなった方たちは戦争という巨大なものに巻き込まれ、命まで奪われてしまった。変な言い方だけど、そのまま消えてしまったのだから、逆に諦めることができるかもしれない」

菫は、ホテルまで送ってくれた澤田を、自動ピアノの演奏が続くラウンジに誘った。

「僕にとっての父は、つい一年前までいつでも会うことができ、聞こうと思えば何でも聞ける、最も身近な人だった。それなのに、僕は自分の好きなことに夢中で、父について何も知らないうちに、忽然と消え去られてしまって……」

　菫はあえて黙って頷きながら聞いていた。

「僕の父親は、家族の前で多くを語る人ではなかった。心筋梗塞で急に亡くなった後、書類上では、少しは父の仕事のこと、思想や行動、心に熱いものを秘めた人だったことなどは理解できた」

　肘をついた両手の上から、アイスコーヒーのグラスを見ながら、澤田は続けた。

「でも、じかに聞きたかったという無念さのようなものが、いつも心にわだかまっていて、それは、父のことを知れば知るほど深く、重たくなっていく」

　さとうきび畑での時間は、二人の間の垣根を取り払っていた。

「少しでも、それを軽くできればと、ここにやってきたんだけど」

　菫は、黙って頷いた。

　すると、時計をチラッと見た澤田は、突然、口調を変え、

「とんだお嬢さんを拾ってしまった」

　と、少し誇張していったと思うと、

「行きたいと言ってた『平和の礎』、僕も一緒に行っていい。今日は助けてあげたから、明日は悩める僕の心を救ってください」

大げさな身振りを添えて、笑いながら言った。

「えっ、本当。嬉しい。ガイドブック片手に一人で探して行くつもりだったの。私の方こそ、よろしくお願いします」

「ガマに一人で入って、こけちゃうなんて、少しおっちょこちょいのお嬢さんだけど、さっきの歌と詩の朗読にめっぽう惚れてしまったので」

「あら、歌と詩だけでしょうか」

「まあ、そのほかは、明日じっくり観察しようかと思って。ところで、菫さん、帰りはいつ」

「父の代理なので、残念ながら、明日の夕方の便」

「そう、せっかく来たのに、そんなに早く。君、早起きは苦手」

澤田は、いたずらっぽく言いながら立ち上がった。

「いいえ、大丈夫。どちらかというと得意の方」

「じゃあ、明日七時に迎えに来る」

後ろ向きのまま、じゃあ、と右手を振ると、澤田は大股で帰って行った。

# 五

「この時間だと、あまり人も多くないので早起きしてもらったけど、どう、これが『平和の礎』」

「すごい数」

「大きく四列になっていて、ここ、二列が沖縄の人。ここが他の都道府県、こっちには外国人。今のところ、二十三万四千百八十三人の名前が書いてあるって。沖縄県は、沖縄戦だけじゃなく、以前の戦争や関連死や原爆で死んだ人の名もあるって。二十五万人まで記名できるようにしてあるみたいだね」

澤田は、案内板を見ながら、昨日と同じように、説明してくれた。

「沖縄の人たちは琉球の時代から、平和の心を大切にしてきた民族だった。だから敵も味方もどこの国の人も、同じ犠牲者という考えなんだ」

「三列目のこのあたりに君のおじいさんがいるかも。三カ月にわたった沖縄戦は、兵隊より一般住民の犠牲者の方がずっと多かったんだ。県民の四人に一人っていうんだから」

「住民を守ってはくれなかったの」

「残念ながら……戦後の分析では、本土、天皇がすむ本州に米軍が上陸するのを少しでも遅らせることを命令されていたらしいね。だから、ある意味で住民を巻き込むことで米軍を引き付けておいたとさえ言われている」

「順に並べて書いてあるけど、昨日の話だと、それぞれが異なった場所で異なった方法で、もしかすると、この名前の隣同士が、殺したり、殺されたりした人かもしれないのね」

二人で北海道の場所を探した。

一人で探したいと澤田に頼んだ菫は、祖父の名前を辿って行った。今頃父はこの場所にいる菫のことを考えているかもしれない。

――父さん、一緒に探そうね――

ゆっくり横書きの名前を辿っていく菫を、澤田は礎に凭れて見つめていた。

「あった」

大きな声を出して、菫は思わず祖父の名前の前にしゃがみ込んだ。無意識に、何度も黒地に刻まれた白い祖父の名前を撫でていた。

澤田にカメラを渡し、祖父の名前を指さして何枚か撮ってもらった。

――こんな小さな町で、沖縄戦の犠牲者が三十人もいるんだ――

と、いつか父に聞いたことがある。父が祖父を恋うように、戦死した三十人にもそれぞれその人を思う肉親が存在する筈なのだ。

「最初はそれぞれの県や地域で、沖縄ではなくなった工場や学校で、思い思いに供養塔が建てられたらしいけど、半世紀経って、攻めた方の連合国側も、攻められた方の日本の軍人や強制連行された韓国や中国の人たちも、同じような戦争の犠牲者なんだから、一緒にしようという事になったんだね」

澤田は、米兵や朝鮮などの人たちのところにも連れて行ってくれた。

「何もわからないうちに巻き込まれてしまった沖縄の人たちの霊を慰め、敵味方とか人種を越えてこの碑に名前を刻もう。こんな戦いごとは二度としてほしくないという強い願いが刻まれていると思う。だから、慰安婦と呼ばれた人も、米兵も、ここに刻んだんだって。沖縄の人たちの不戦の願いを込めてね」

「素晴らしい考えね」

「平和の火」が点灯される六月二十三日、米軍上陸の日の、太陽が上がる方向に向けて作られたという園路を通って、多くの住民が亡くなった海を二人で黙って見つめた。

緩い園路をゆっくり下りながら、菫は、昨夜父親のことを話していたときの澤田のことを考えていた。

ひめゆりの塔や資料館もゆっくり回り、三線の音が静かに流れる店で、汗を静めることにした。

「父は学者だったから、研究に関するものが出てくるのは当然だけど、裁判に関するものとか、平和に関する資料とか、いろんなものが出てきた。手紙の束を広げてみると、全国から集まっている。いったい父はなぜこんなに多くの人や団体と関わっているのか」

菫のなぜここに来たのかという問いに答えて、澤田は静かに話し始めた。

「まだ、そのすべては読み切れていないけど、僕が山のことだけに明け暮れていた同じ時期に、父は何を考えていたんだろうと思ったんだ」

昼食もここでとることにして注文してからまた話は続いた。

「僕もこんな事には全く興味のない日本人の一人だった。手紙の中から、昨日寄った大城先生のことを知って、とにかく僕の知らない父のことを聞きたいと思ってね。そうしたら、平和大会というのがあるから、そのあと家に泊まりなさいと誘われて、年休を取って来たんだ」

沖縄料理を食べながらも話は続いた。

「昼間はあちこち、父の歩いた道を探検して、夜は、先生に話を聞いて。そうでもしなければ、もやもやが収まらない気がしてね。偉そうに解説してるけど、実はここへ来て調べたり聞いた事ばっかりなんだ」

「それで、悩めるあなたの心は救われましたか」

「地方の教員をしながら、山歩きばかりしてきたんだけど、少し道が見えてきたかな。今まで、親は元気でさえいれば安心と思い続けて来たけど。新渡戸稲造って知ってる」

「ともあり遠方より来たる、ですか、友有夜学校の」

「えっ、夜学校知ってるの」

「私の尊敬する方から頂いた本……あら、澤田衛という方……えっ、もしかして拓也さんのお父さん」

「そう、えっ、父の本持ってるの」

「ええ、書道の先生がいい本だからと……えー、拓也さんのお父さんなの」

頭を抱え込んだ澤田は、

「沖縄のガマの中であんな風に出会った君に、父の文章が渡っているなんて、すごいことだなあ」

「詳しくは覚えていないけど、明治のころから確か五十年間続いた定時制のような、北海道大学の学生さんたちが、無報酬で先生をしていたという学校……」

「そう、作家の有島武郎も先生の一人で、校歌を作ったりしている。学校は今の豊平川の近くにあって、貧しい人やアイヌの人たち、朝鮮の人、文字が書けない人なんかの通った……僕は父の遺品の中から読んだばかりだけど」

「新渡戸先生の奥様は確か外国の人で、遺産か何かが入って、夜学校を建てられた」

「うん、この学校を卒業しても何の資格も得られなかったというのに、昭和十九年だったかな、廃校が決まるまでに、年齢も職種も違った人たちが五百人も学んだとあった。そして無償の学生先生も五百人。父もその中の一人だったんだ」

「勉強やお小遣いも削って、遠足やスズラン狩り、スキーツアー、合唱などもやっていたという……」

「教育勅語とかが、まだ生きている時代にそんな学校があったなんてね」

二人は興奮状態で、競争し合うように知っている情報を交換し合った。

「でも、とうとう、戦争が終わる一年くらい前に学校は廃止されてしまった」

「一生懸命やっていた人たちは残念だったでしょうね」

「そうだろうね。無報酬でそんなことをするなんて、今の僕たちの世代には考えにくいことだけど。父の時代の人たちは、自分の好きなことや仕事をするだけではなくて、何かしら他の人に関わって生きていたんだなあ。このままでいいのかって思い知らされた」

「そう、私も、母が亡くなって祖母の面倒をずっと見てたの。周りの友達が海外旅行に出かけたり、張り切って仕事しているのを見ても、仕方がない、これが私の仕事だって諦めてた。仕事の合間に本を読むとか、詩を書くとか。そんなことだけで、今日まで来てしまいました。父の最後の願いを託され、急に決まった旅行だったけど、おばあちゃんが亡くなって、この旅が終わったら何か始めなきゃと思ってたところなの」

「反省するところは同じかな。君の方が大変だったと思うけど」

二人は顔を見合わせて笑い合った。

「うちの町内で、退職した先生方が、公共施設を借りて、勉強が分からなくなった子ども達に、夜学みたいなことをやってる。高齢化で、先生が足りないって聞いたんだ。ためらっていたけど、帰ったら、応援してみようかな」

「いいな。母が働いていた頃、掛けていた保険で、何とか暮らしてきましたけど、私のように、長年、無職で働いていないと、一応短大は出てるけど、ちゃんとした仕事はなかなか見つからないの。職安では、介護関係は無資格でもすぐ採用されると聞いたけど、それではね」

冷たくなった食後のコーヒーを飲み切って、菫は話し続けた。

「自宅での一人介護とは違うかもしれないけど、ちゃんと資格を取って自信を持って働きたい。拓也さんに会って、私も探していた福祉の専門学校の通信で専門職の資格を取ることに決めた」

おしゃべりをしているうちにどんどん時間がたって、外へ出た時は曇っていた。連れて行ってくれた海は、想像していたように美しい海ではなかったが、菫は、何か新しい気力が充満してきたように思って、浜辺で思いっきり、背伸びをした。

気づいた澤田は、

「君に、もっと沖縄を見せたかったな。サンゴ礁や貝殻で真っ白な海岸。名護ではジュゴンも見られるかもしれないのに」

と、笑いながら、一緒に声を上げて背伸びをした。

そのあと、澤田は、空港まで送ってくれた。

「僕は明後日夕方、北海道へ帰る。明日は宮城島っていう所へ行ってみたいと思ってるんだ。人口は三百人くらいだけど、さとうきびは、たくさん獲れるんだって。一面がさとうきび畑で、昨日の公園のように、赤い土の道がまっすぐに海に向かって続いているって」

拓也は、菫の住所やアドレスをメモし、自分の名刺を渡してくれた。

飛行機が地面を離れる瞬間、菫は目を閉じた。半数の住民を含む戦死者とその家族の悲しみを根元に封じ込めて、島全体を覆うさとうきび畑。

最後に澤田から聞いたさとうきび畑と、赤い土の道が眼下にどこまでも広がっているように思えた。同時に投げつけられるような勢いで、最後の歌詞が、体中を揺さぶった。

忘れられない　悲しみが
波のように　押し寄せる
風よ　悲しみの歌を　海に返してほしい
夏の日差しの中で
♬ざわわ　ざわわ　ざわわ
広いさとうきび畑は
♬ざわわ　ざわわ　ざわわ
この悲しみは消えない

# Ⅱ　十勝大樹町

# 桐子の門

昨年暮れから始めた校正の仕事に一区切りをつけて、紅茶でも、と外を眺めると、夫が起こして肥料も入れてくれた畑に雑草が芽を出し始めたのを見つけてしまった。エプロン姿のまま、麦わら帽子をかぶり長靴に履き替えて、畑仕事を始めたところだった。

「おばちゃん、何してるの」

突然の甲高い声に、私は、周りを見回した。

まだ、山襞に雪の残る日高の山なみから尖った寒気は降りてくるが、さすがに五月も半ばを過ぎると、五体が解放されるような感じがする。

お隣との間の小さな畑には、グミと小梅のなる木があって、近所からもらった宿根草のミヤコワスレや、ピンクと白のカスミソウが一株ずつ植えてあった。あとは、いつも根菜と、青物やナス、しし唐、ピーマンなど雑草除けに数株ずつ植えていた。

隣家は、しばらく空き家になっていて、背丈の伸びたスギナや蕗などが侵入してくるのを、私がときどき大雑把に鎌で刈ったり、引き抜いたりしているが、誰も戻っている様子はない。

背中合わせに百坪平均の一戸建てが十軒ずつ、八区画ほどの町の分譲住宅地だが、近所に子どもはいないはずだった。

「おばちゃん、種播きしてるの」

声は、裏の家との境に作ったヒバの垣根の方から聞こえる。よく見ると、隅の方に、小さな丸い隙間ができていて、三、四歳の女の子の、顔だけが横向きになってこちらを覗いていた。

「あら、そうよ、大根の種を播いてるの」

私は、鍬で引いた畝の上に種を播きながら、女の子に微笑み返した。その子は、両端で結んだ長い髪を押さえながら、そこだけしかない垣根の隙間を小さくなってすり抜けてくると、膝に付いた土を手のひらで払いながら、珍しそうに周りを見回している。垣根は女の子の背よりずっと高いので、通りぬけてきたこちらは、別世界に見えるのかもしれない。

白いレースのついたブラウスに、つなぎの紺のジーンズが可愛い女の子だった。赤い長靴を履いたその子は、私と同じように後ろに手を組み、小さな野菜畑に入ってくると、

「土をかけるの。わたしもやりたい」

と、物おじせずに語り掛けてくる。

「そうね、やってみる」

「うん、やってみる」

弾むように駆け寄ってきたその子の髪から、ヒバの枯葉を取ってやりながら、久しく感じたことのない甘酸っぱい感情に戸惑っていた。

「いーい、ほら、こうして引っ込んでいるところに種があるでしょ。その上に両方の足でかわるがわる土を掛けるのよ。あんまりたくさん掛けると、種さんが重たいよーって言うから、少しずつね」

すっかり緊張して、力を入れている割には、土がさっぱり掛からなかったが、直ぐにコツを呑みこんで、小さな足で上手に掛け始めた。

「上手ね、お名前は」

体じゅうに神経を集中して、赤い長靴を動かしている女の子を妙に愛しく思いながら、尋ねてみた。

「な、す、き、り、こ」

上の空で答えながら、なおも足を動かしている。

「いくつ」

「四歳」

裏の老夫婦の孫にあたるのだろうかと、彼女の後ろから土を補充しながらついて行った。

「おばあちゃん家に遊びに来たの」

「うん」

「お母さんたちも来てるの」

「ううん、きりこだけ。昨日、おばあちゃんとおじいちゃんときたの」

「あら、そうなの。ずっと、おばあちゃん家にいるの」

「うん」

二往復程の土掛けは彼女の小さな足でも、程なく終わった。

「きり子ちゃんは、漢字でお名前書ける」

「うん、ママが教えてくれたよ。こう書くの」

畝を切るために挿してあった棒切れを摑むと、地面に「桐子」と不揃いながらしっかり自分の名前を書いた。そして、

「これは何」「このお花は」「これは何に使うの」

と、肥料や石灰の袋や、畑にあるものを次々に尋ねて回った。

表玄関の側の車庫の物置に道具をしまうまでついてきて、玄関横に立て掛けてあるタイヤを見ると、

「これは何に使うの」

と楽しげにまた尋ねる。

「これはネ、この周りを切ってね、ひっくり返してペンキを塗るのね。それから、その中に土を入れてね、白や赤やピンクの花をたくさん植えるのよ」

「うわー、桐子もやりたい」

余りに無邪気で、弾むようなその声につられて、

「じゃ、これやる時、またいらっしゃい」

と私までつい弾んで誘ってしまった。

外の水道で手を洗うと、桐子も大して汚れていない小さな手を丁寧に洗い、長靴の泥も一緒に落とした。

「ねえ、おばちゃんが作ったプリンがあるんだけど、食べる」

「うん、食べる」

桐子の表情のなかでも、特に眼が生き生きしていた。町内にも子どもはたくさんいた

が、こんなに弾んだ表情の子どもは見たことがないと思った。私は麦わら帽子をとり、長靴を物置に片づけると、桐子を案内して家に入った。

「おばあちゃん、心配しないかしらね」

「大丈夫、お昼寝していたから」

古風な名前に似合わず、いたずらっぽい顔をして桐子は首を竦めて見せた。

二人掛けの食卓テーブルの椅子に、クッションを二つ載せて、桐子を座らせた。オレンジジュースを一気に飲みきって、

「働くとおいしいわねえ」

と、大人のように言ったので、思わず吹き出してしまった。桐子も一緒に笑いながら、ガラスの器に入れたプリンを息もつかず食べ始めた。

「こんなおいしいプリン初めて」

一所懸命食べる桐子を、私は飽きもせず眺めた。

「おばちゃんのも、あげましょうか」

「うん、でも……」

「遠慮しなくてもいいのよ、おばちゃんのまだあるし、いくらでも作れるんだから」

コクンと頷いて、二つ目を食べ終えた桐子は、二枚のクッションを置いても、まだテーブルにとまっているような姿勢で私を見上げながら尋ねてくる。

「おばちゃんの家、子どもはいないの」

「そう、いないのよ。おばちゃんも桐子ちゃんみたいな子どもが欲しかったんだけどな」

「フーン、じゃ、桐子が、毎日、おばちゃん家に遊びに来てあげる。ママは、病気だし、パパはお仕事だから、おばあちゃん家に来たの」

「そうだったの。桐子ちゃんがここにいる間は、いつ来てもいいわよ。でも、おばあちゃんたちが淋しいかな」

「大丈夫、夜はおばあちゃん家で寝るから」

桐子は大きな瞳で、真直ぐに私を見て真剣に答えた。

私は、行先も告げずに来ている桐子を裏の家で捜しているのではないかと気になっていたので、帰りを促した。桐子は、思い切りよく、椅子から滑り降りると、

「おばちゃん、明日も遊びに来てもいい」

と、つなぎのベルトを両手で摑みながら、あどけなく聞いた。

「いいわよ、でも今度は、ちゃんと、おばあちゃんに言ってらっしゃい」

「はーい、また、来るから、バイバイ」

玄関のドアの隙間から、手だけを振ると、長靴の音をバタバタさせて、裏口の方へ回って行った。台所から見ていると、桐子はさっきの垣根の下をくぐり抜けて、裏の家に帰って行った。


桐子はその後も毎日のように遊びに来た。

数日後、裏の那須家の祖母が、桐子の昼寝の間に菓子折りを持って訪ねてきた。

裏の家は、昨年春頃から「売家」の小さな看板が出ていたが、老夫妻は、暮になって慌ただしく引っ越してきた。

祖父は、七十歳前後の長身で穏やかな感じの人だった。

一冬を越した新しい住居の庭づくりに毎日のように外で仕事をしていたので、コンポストに生ゴミを捨てるようになって、言葉を交わすようになった。

祖母の方は、庭に出る事はほとんどなく、引っ越しの挨拶に来て以来、きちんと顔を合わせるのは、初めてだった。

春らしい装いは小柄だがふくよかな身体に似合っていて、声のきれいな人だった。

私の誘いに、

「桐子が起きると可哀想ですから」

と、祖母は玄関口で、深々と桐子の度重なる訪問への礼を述べた。

桐子の父親は一人息子で、東北の大学を出て、桐子の母と知り合ったこと、病弱な彼女の母親の近くで就職したことなどを話した。

「息子は病院の医療ソーシャルワーカーで、比較的時間が安定していますので、あの子は、育児休暇明けから、病院の保育所に息子と一緒に通っていました。父親の会議や出張の時は、母親が早出にして、迎えに来てくれるのを楽しみにしていたようです」

東北で大地震があったあの日、桐子の母親は、勤め先の海岸近くの保育園で子どもたちと一緒に津波にさらわれ、今も行方不明なのだと力なく語った。

「桐子はしばらく母方の方に預かって貰って、息子もそこから通っていたようですけどね、津波の被害はなくても、電気もガスも止まってしまいましたでしょう。食べものや水やトイレの利用に避難所を利用するしかなかったんだそうです。向こうのおじいちゃんが寒い中での避難所通いで体調を崩して入院してしまいましてね」

祖母は時おり目頭を押さえながら話した。

「向こうのおばあちゃんも、娘のこともあり、倒れてしまうと困るし、被災者でありながら、息子も各地からの救援隊の受け入れや、妻の捜索で、とうとう、ＳＯＳが来ましてね」

二人で、迎えに行って連れてきたばかりだと話した。桐子の訪問を申し訳なさそうに詫びる祖母に、

「私は、娘ができたみたいで楽しくて仕様がないんですよ。桐子ちゃんは、明るくて、元気で。きっと、いいお母さんだったんですね。あまり、訛りもありませんし。桐子ちゃんは、お母さんのこと、知っているんですか」

と、尋ねてみた。

「入院したことにしていますけど、薄々感じてはいるようです。なるべく、テレビも津波の場面は見せないようにしてますけどね」

「私は、三年ほど前に折角授かった子どもを亡くしてしまいまして。その上、もう、子どもを産めない体になってしまったんです。悲しくなって教員も辞めてしまって……やっと半年ほど前から、家でできる仕事をほんの少し始めたところでした」

「まあ、そうだったんですか。大変でしたね」

「ですから、いつでも大歓迎なんです。気になさらないで。ずっとお預かりしてもいいくらいですから」

祖母は、保育園が空き待ちでしばらくかかること、たまにしか会っていなかった孫の相手に戸惑っていること、迷惑とは思うが、桐子がお宅に遊びに行くことを楽しみにしてい

るようなので、と何度も頭を下げて帰って行った。

しかし、桐子は、相変わらず活発で人懐っこく、そんな境遇は、みじんも感じられなかった。

外で仕事をしていると必ず見つけて、例の垣根を通り抜けてやってきた。

一緒にタイヤにペンキを塗り、土を掘り返し、一年草のかすみ草や、松葉ボタンの種を植えた。大根やほうれん草の間引きをしたり、植木の間の草むしりも嫌がらずにやった。絶えず何かを話し、素直に喜び、驚き、それらを全身で表現した。

日中開けている裏玄関から自由に出入りし、一緒にクッキーを焼いたり、プリンを作るのも手伝った。指一本でピアノの弾き語りをしたり、私が好きで集めている絵本を一人で眺めていることもあった。

ゼロ歳から保育園に通っていて、大人との付き合い方に慣れているのだろうかと思ったりもした。しかし、安心して裏口から訪れ、自然に家に馴染んでいるのを見ると、もし本当に我が子だったらという考えに囚われるようになった。

七年も待ってやっとできた子どもは、小さかった筋腫とともに大きくなり、七カ月目、帝王切開で出産した直後に亡くなった。夫は、見ると悲しがるからと、入院中に荼毘に付し、待ち望んでいた子どもはお骨になって帰ってきた。

もっと、早くに筋腫の手術をしていたら、もっと早く仕事を辞めていたら、違う仕事だったら助かったかも知れない、などと、自分を責めて体調を崩し、長い間、外に出ることもできなくなっていた。

夫は、子どもがどうしても欲しいというほどではなく、私が元のように元気になることを望んでいた。最近やっと、畑仕事や外出もできるようになり、友人の勧めで始めた雑誌の校正を自分の家で行うだけの生活が自然になっていた。

しかし、突然の裏門からの訪問者は、私に経験のない母親の思いを少しずつ膨らませていった。

出掛けると、端切れを買ってきて、桐子のエプロンや、スカートを作った。車で遠くの遊園地に出掛けたり、一緒にお弁当を作って動物園にも行った。膝に抱いて本を読んでいるうちに、しっとり重くなったと思うと、眠り込んでいて、その温かみに胸の熱くなるような思いもした。

夫が帰る頃、桐子はもう那須家に戻っていたが、ひと月の話題の大半を桐子が占めるようになると、

「まるで小さな恋人だな」

と、からかい半分に聞いていていた。

それでも、休みの日には、碁石を使ってはさみ将棋を教えたり、折り紙を畳んで、七夕飾りを一緒に作ったりして、

「おじちゃん、遊ぼう」

と、仲間にされて、満更でもなさそうに付き合うようになっていた。

養子にできないかしらと真顔で話すと、

「馬鹿、親も祖父母も健在なんだぞ」

と、笑って取り合わなかった。


七月末の珍しく暑い日だった。窓を開けて風を入れていると、見慣れない車が止まった。

道路から玄関までの通路は、コンクリートで固めたくないと思って真ん中に大きな自然石の歩道をとり、周りに砂利を敷き詰めている。

窓を閉めていると聞こえないのだが、砂利を踏む足音が近づいて、チャイムが鳴った。訪れたのは、桐子の父親だった。

今日は、保育園に通っていない親子のために園が行う月一回の「一日保育」の日で、桐子と彼の母親をその集まりに送ってきたところだと話し、東北のみやげと、母親から聞い

た桐子の訪問へのお礼の言葉が丁寧に告げられた。

「もし、お時間がありましたら、少しお上がりになりませんか。お迎えの時間まででも」

「ありがとうございます。では、お邪魔させていただきます」

彼は、那須修一と名乗って、開け放った客間に、高い背を折り曲げるように入ってきた。

冷たいお茶を勧めながら、桐子は、父親には似ていないと思った。性格もきっと母親からもらったものだろう。彼は、裏に住む桐子の祖父の方に似て、物静かな感じがした。

「お仕事は大変なのでしょうね。私たちは、物や募金で応援するしかなくて、申し訳ないような気持ちでいます」

「いいえ、全国からの励ましは、ちゃんと届いています。原発事故さえなければ、もっと仕事は早く進むのですが」

「あちらでは、今どんなふうに毎日を過ごしていらっしゃるのですか」

「僕が勤める病院は、地域のみなさんに支えられて全国にネットワークを持っています。医療機関は何処も医師不足、看護師不足で大変なのですが、リレー方式で全国から次々に人を派遣してくれます。どの地域のどの避難所を優先して医師や看護師を送るべきか、地元の保健師や僕たちソーシャルワーカーが各地域と連携を取って、受け入れや地域への搬送を手伝ったり、集められた要望を、具体化する手立てをボランティア団体にお願いしたりしています」

「奥様はまだ……」

「はあ、まだ見つかっていません。何台かの車に分散して避難しようとして、渋滞で逃げられず、津波に巻きこまれたようです。状況を聞くにも、みんないなくなってしまっていますから」

「最近は行方不明の方もなかなか見つからなくなっているそうですね」

「朝早くとか、合間に探してみたりしていますが、車ごと遠くに流されているかもしれません」

彼の表情には、疲れだけではない苦悩の色が見てとれた。

「よく、遠い北海道まで帰って来られましたね」

「はあ、ずっと休まず働いていたからと、桐子のこともあるし、少し、体を休めて来いと仲間に言われまして、初めて三日続きの休みをもらいました。向こうの親も心配ですが、桐子一人預けられた僕の両親も困っているのではないかと心配だったものですから、最終便で飛んできました」

彼は、空港からレンタカーを借りて、十勝の南の町まで、街灯のない夜道を走りながら、震災以来初めて車を停めて、星空を眺めたと話した。

「夜になったら、布団を敷いて子どもと寝る。朝になったら子どもと一緒に起きて、みんなで朝ご飯を食べる……今朝、桐子の傍で小鳥の声を聞いて目が覚めました。星はいつものようにまたたいていたでしょうし、小鳥も啼いていたのでしょうが、四カ月間、何も見えず、聞こえなかったように思います」

美術教師の夫が描いたオオバナノエンレイソウやニリンソウなど白と緑の春の十勝野の絵をじっと見ながら、

「このまま、日常が穏やかに流れている、ここにいられたら、なんて、ふと思ってしまいました」

と、呟くように言った。私は、直ぐに言葉を繋ぐことができなかった。

「この町にも一時的に、移住してこられた方が何人かおられるようですよ。ご両親もいらっしゃるのですから、それも一つの選択肢だと思いますけど。桐子ちゃんにとってもお父さんと暮らせる方がいいでしょうし」

「ええ、今日は保育園に行かないで一緒にいると言ったのですが、この町で友達を作ることも大切だと思って、又迎えに行くからと言っておいてきました。でも、お宅のおかげで、桐子は、母親といた頃と変わらず元気でホッとしました。本当にありがとうございました」

「いいえ、私は夫に『まるで、小さな恋人ができたみたいだ』と、からかわれるくらい楽しませて貰っているんですよ。でも、桐子ちゃんは、淋しくても耐えて頑張っているんだと思います。お母さんが恋しくないはずはありませんもの。たった四歳なのに」

「小さい時から、預けられていますので、割り切りは早いとは思いますが、その分、自分を押さえているかもしれませんね」

「うちのボイラーは古いものですから、暖房に点火する時、大きな音がして、結構振動もするんです。午前中にこの部屋で眠ってしまったことがあったのですが、その音でムクッと起き上がって、『ママ、ママー』って叫んだことがありました。トントン叩いて、寝かせて、抱きしめていたら、くっついてきて、また、寝てくれましたけど、我慢しているんだろうなって、涙が出てしまいました」

「ありがとうございます。他人の子どもをそんな風に、いつも思っていただいて……僕一人の力なんか、いくらのものでもないのですが、現地では、他のみんなも、色んなものを抱えて頑張っていますから……」

最後の方を飲みこむように言って、立ち上がると、

「これからも両親を含め、お世話をお掛けすると思いますが、もうしばらくよろしくお願

いします。いつになったら迎えに来られるという保証はないのですが」

彼は、来た時と同じように、砂利を踏む音を立てながら、帰って行った。後ろ姿の夏服が上下ともだぶついて見えた。


夏だというのに寒い日が続いて、風邪をこじらせ、二、三日ぐずついていたが、四日目にとうとう寝こんでしまった。買い置きの薬を飲んだが、まだ、身体が熱っぽく、手足がだるくて、ベッドで体を持て余していた。

窓の外は霧雨がずっと続いていて、人通りも少ないせいか、今どきいつもは聞こえない小鳥の啼き声がする。垣根の中に居るのか、くぐもったような声が時おり耳に響く。

うつらうつらしたと思うと、

「おばちゃん」

寝室のドアが、そっと開いて、桐子が心配そうに覗いていた。

「どうしたの、おばちゃん」

「うん、風邪ひいちゃったの。今日は遊べないわ。うつるといけないから、お帰りなさい」

桐子は自分が入れるだけドアを開くと、そっと入ってきた。

「アラ、今日も垣根をくぐってきたの。傘もささないで」

桐子は、体じゅうに雨のしずくをつけて立っていた。

「おばちゃんみたいに風邪ひいちゃうわよ。いつものお手拭きで、頭や洋服拭いていらっしゃい」

桐子は、寝ている私を心配そうに見ながら、部屋を出て行った。やがて、高い洗面台にどうやって上ったのか、タオルを絞ってきて、私の頭に載せようとした。自分が病気の時、母親がそうしてくれたのだろうか。桐子の真剣な表情を見ながら、

「ありがとう、桐子ちゃん」

もう、お母さんはいないのにと思うと、不覚にも、涙をこぼしそうになった。

「おばちゃんの手、熱い」

毛布の上に出した私の手を、小さな手で握る桐子を、私は思わず抱き上げ、ベッドの中に入れた。

「ねえ、桐子ちゃん、お父さんが迎えに来るまで、おばちゃん家の子どもにならない」

「うん、いいよ。なりたい」

「そう、よかった。じゃ、風邪が治ったらおばあちゃんに頼んでみるね。さ、うつると困るから、お帰りなさい」

私は、桐子の小さな体を抱きしめながら言った。

「垣根のところは、また濡れるから、玄関のところの傘をさしてちゃんと道路を通って帰るのよ」

「うん」

ベッドから滑り下りると、桐子は、やはり、自分の来た道を帰ったらしかった。

その時の風邪がこじれて、ひと月ほど、肺炎で入院してしまった。毎日のように病院に来てくれる夫に桐子のことを尋ねると、

「おばあちゃんが、お見舞い持って来て、病院に来たいと言ったけど断った。小さな子にうつると困るだろう。治ったら会えるから、と言っといた」

こともなげに言われて取りつく島もなかった。


退院が決まって、夕方迎えに来た夫から、桐子が祖父母とともに父親のところに出掛けていることを知らされた。

ひと月ぶりに帰った我が家は、雑草がさぞかし伸びているだろうと思ったのに、綺麗に除草されていた。夫は、俺じゃないよ、と笑った。裏の那須家の祖父母が、桐子と一緒に取ってくれたという。

「半年たって、母親の家族から、もう待っていても見つからないだろう、区切りをつけようと言われて、旦那も認めることにしたようだ。今後のこともあるから少し時間がかかるかもしれないって、出掛ける前に挨拶にきた」

「もう、帰らないかもしれないの」

「さあ、それは分からんな。旦那の仕事や、あちらの両親のことを考えると、また、連れて戻ってくるようになるだろうとは言ってたけどな」

私は、張りつめていた気持ちが萎えてしまったように、数日を無気力に過ごした。

病み上がりの気の弱さに、桐子のいない淋しさは拍車を掛け、外に出る気にもなれなかった。

翌朝、久しぶりの抜けるような空の青さに誘われて、私は、裏口から、しばらくぶりに表に出てみた。すべての植物が生き生きと輝いて見えた。朝の空気は、身体の隅々に染み透るように思える。

外に出るといつも見つけては、垣根をすり抜けてくるのに、桐子の出入りする垣根のヒバは、夏になってどんどん繁り、あの隙間はほとんどふさがって見えた。

松葉ボタンやかすみ草の花殻を摘み取りながら、一緒に植えた頃の桐子の〝おばちゃん〟という甲高い声が聞こえたような気がして振り向いた。

野菜の苗を植えるために掘った穴からぴゅんぴゅんと跳ね出た桐子の親指ほどもある太いミミズに驚いて、尻もちをついた桐子の顔やおそるおそるつまみあげた小さな指先。いつも履いていた赤い長靴。

帰ると直ぐに、会えると思っていた分、落胆も大きかった。

ウイークデーなのに、昼過ぎに戻ってきた夫が、車のエンジンを掛けたまま、入ってくるなり、

「連休、出掛けるぞ」

と、自分で冷蔵庫から出した麦茶を飲みながら言った。

「え、どこへ」

「フェリーで秋田に降りられそうだから、あんたの恋人を迎えに行くぞ」

「え、車で」

「那須さんが、うちへ来た時、携帯教えといたら、今日電話あった。奥さんの具合はどうかって。桐子が心配してるんだと」

「本当、帰ってこられるの」

「大体のことは片付いて、やっぱり連れて帰ってくることになったって言うから、うちの

奥さんの元気づけに迎えに行くって言っといた。大丈夫だろう」

「病気は、もう、大丈夫。学校は休めるの」

「フェリーが混むかもしれないと思って、前後一日ずつ年休取ってきた。お金を送るだけが、ボランティアでもないだろう。今のあんたにできるのは、そんなところだ」

そうか、震災で困っている人のお子さんを預かるボランティアと考えればいいのか。私は妙に納得してしまった。

「ネットでチケット注文できるだろう。十六日か十七日発で帰りは十九日か二十日。帰りは那須家の分も取っておいたら。何度も往復するのは、きっと大変だろう」

そう言い終えると、夫は、とんぼ返りで、職場に戻って行った。


小一時間かかって、チケットを取り終えた。そして、桐子の住む町のNPOなどが発信する物品情報を調べ、車に積めそうなものをチェックした。

深刻に考えていた過去を含むこの数日間が嘘のように思え、身体の奥底から元気が溢れ出るようだった。買う物、自宅から持っていけそうなものを分けてメモしながら、思わず笑い声が出てしまった。そのことがおかしくて、何故笑っているのだろうと思いながら、暫く声を潜めて笑い続けた。

出掛けるなら、しばらく休んでいた校正の仕事も片づけなければ、と、夕方まで頑張ってしまった。

〝暫く、料理らしい料理もしていなかったなあ〟

とひとりごとを言いながら表に出ると、もう、空気はひんやりとしている。

何か野菜を、と外に出たのに、ヒバの垣根の隙間がほとんど埋まってしまっているのが目に入って、桐子が帰って来た時、通り抜けられるようにと、少し大きめに鋏を入れた。今年延びたばかりの枝は、桐子の髪や肌を刺すほど固くはなかった。

桐子の門は、いつまで私たちのために開いていてくれるだろう。

私は、色とりどりのコスモスを思い切りよく切り取って、大きな籐の籠に生けた。それから、ボールに取ったなすと、ピーマンと、いんげん豆を抱えて〝今日はスープカレーにしよう〟と、勇んで台所に向かった。

# 夕映えの街で

あの頃、ここはまだ汽車が通っていたのだった……

国道の西側は、線路跡が遊歩道になっていた。出会いは東側の、今は道の駅になっているこの辺りだっただろうか。

もう三十年以上も前、私はここであの人に出逢ったのだった。

＊　＊　＊

この街の隣町に住む兄から、義姉《あね》が交通事故で足を骨折したと連絡があった。夫との気まずい状況から逃げ出したくなっていたので、兄の子どもたちの世話を口実に、職場からしばらく休みをもらって、入院先のこの町に通い始めて五日ほどたっていた。

昨日、義姉から午前中は、検査などがあると聞いていたので、三時過ぎに出かけてきたところだった。

この街だけを通る川が、市街地を分断して日高山脈から太平洋に注ぐ。地図上では直線で六十キロほどしかないのだという。

雪印の工場を越すとその川に向かって、踏み切りまでゆるい坂になる。めったに通らない列車が通過するのか、突然警報機が鳴り出し、遮断機がゆっくり下り始めた。

ブレーキを踏みながら、何気なく右手を見ると、初老の女性が、出前用の木箱を抱えて歩いていた。そのままの速度でお座りをするように、ゆっくりと木箱に頭を伏せてしまった。まるで木箱を支えに一休みしているようで、スローモーションの映像を見ているようだった。

前の車が動き出して、ハッと我に返り踏み切りを越えたところで車を左に寄せた。車の流れをやり過ごすと、Uターンして女性の近くに車を停めた。

「どうしました、大丈夫ですか」

国道ではあっても、いつも人通りはそんなに多くはない。その上あまりに自然に座り込んだので、誰も気付いてはいなかった。

木箱の柄を両手で持ち、その上に頭を載せていた女性は、ゆっくり顔を上げた。顔色は真っ青なのに、額に汗をかいている。細面の上品な顔に、髪の毛が幾筋か張り付いて、力のない目が私を見上げた。

「ちょっと、眩暈がして」

立ち上がりかけてその女性はふらついた。

「私に摑まって。車に乗りましょう」

木箱を左手に持って、右手でその人の腰を支え、何とか助手席に座らせることができた。何度かすみませんと繰り返していたその人は、苦しそうな横顔を見せていた。

午後の太陽はまだ高く、風もまったくなかった。


私は、助手席の女性に、何度も病院へ行くことを勧めたが、その人はただの暑気あたりだからと固辞した。働いている店に帰ると言うその人を乗せたまま、店構えのしっかりした食堂に事情を話し、先ず木箱を返した。その人は、恐縮しながらも自宅に送ってくれるようにと頼むので、様子を気遣いながら、言われるままに車を走らせた。

その人は、国道を五、六十メートル左に入った平屋の旧い木造の家に案内した。他の家とは少し離れていて、家の裏はカラマツ林だった。道の両側には、無造作だがたくさんの草花が植えられていて、小さな野菜畑も見える。

だいぶ傾いたとはいえ、夏の陽差しはまだきつかった。その人が差し出した鍵で古い錠前を開けると、昔風の大きなガラスの入った引き違いの板戸を勢いよくあけた。

熱気が吹き出てくるような感じを避けて、中に通じるガラス戸をあけると、一度車に戻り、

「あのー、家の中に入って、窓を開けてもいいですか」

と、訊ねた。

「もう大丈夫ですから。本当にすみません。お忙しいのにご迷惑をかけて」

その人は、降りようとして、またふらついた。

「お部屋の中が涼しくなるまで、車の中にいた方がいいわ」

再び助手席に落ち着いたのを見届けて、家の中に入って行った。

部屋の中は、余分なものが殆んどなく、質素だがきちんと片付いていた。昔風のつくりで、入ったすぐの左の壁際は流しだった。台所の窓を開け、右隣の部屋の窓も思い切り開けた。私は躊躇したが奥の部屋の襖も、少し渋い木枠の窓も全開した。中の暑さに較べると、やはり空気の流れが感じられる。台所の隣の部屋が居間らしく、小さなテーブルに、茶道具が置かれ、刺し子の布巾がかけられていた。私は再び車に戻ると、

「少し涼しくなりましたよ。ゆっくり降りましょう」

と、支えながら居間までたどり着いた。

「お水です。ゆっくり飲んで下さいね。それから、お布団を敷いてもいいですか。教えて下されば敷きますから」

「すみません、じゃあお願いします。あちらの部屋の押入れに入っていますから」

テーブルに肘を突いて頭を支えながら、彼女は目をつぶったまま答えた。

布団に寝かせてから、蛇口を一杯に開け、冷蔵庫と流しにかけてあったタオルを浸すと、固く絞って間に氷を入れ、彼女に渡した。

「大丈夫だと思いますけど、両脇にこれを挟んで冷やして下さい」

横になってからも、頭のタオルを取り替えたり、しばらく団扇で風を送ったりして様子を見ていた。

「見ず知らずの、それもあなたのような若い方に、こんな年寄りの面倒を見ていただいて、本当に申し訳ありません」

彼女は、体を少し起こしかけたが、

「もう、大丈夫ですから。本当にありがとうございました。申し訳ありませんが、テーブルにメモ用紙があると思います。あなたの住所とお名前を書いておいていただけませんか」

と、再び枕に倒れこんで言った。

病院へ行った方がいいのにと思ったが、電話もあり、気温も下がってきていたし、様子も落ち着いてきていて、今は眠ることが一番と思われたので、冷蔵庫の中にあった麦茶に氷を入れると、コップとともにお盆に載せて枕元に置いた。

「じゃ、おばさま、これで失礼します。ゆっくり休んで、もし、必要でしたら、明日でも病院へいらっしゃる方が……」

「ありがとうございます。本当にお名前を……」

テーブルには茶道具のほかに、数冊の本があり、俳句の雑誌と便箋、あめ色の万年筆の横には老眼鏡が置かれていた。

便箋の一枚目には、手馴れた万年筆の文字で、俳句が二句書かれていた。

私は、二枚目に、

〝すてきな句ですね。俳句や短歌が好きだった母のことを思い出しました。暑さでお疲れが出たのでしょう。ゆっくりお休み下さい。

朝子〟

とだけ書いて、そっと外に出た。振り返って表札を見ると、草川修次郎とあり、横に〝あきの〟と書かれていた。家の中の雰囲気からは男性が住んでいそうな気配はなかったが、きっと、押し売り対策と勝手に合点しながら車に戻った。

それにしても上品な面立ちで、句作をするなど趣味もある人のようなのに、この暑さの中で、出前持ちをしてまで働かなければならないほど困っているのだろうか。いろいろ想像をめぐらし、何かしら〝あきの〟という女性に魅かれるものを感じながら、ゆっくりと来た道を戻った。

翌日、隣町の兄の家で子どもたちを送り出した後、出かける仕度をしながら、義姉の病院に行く前に草川家に寄ろうと決めていた。もし、まだ回復していないようなら、病院に乗せて行くこともできる。

道路から右に入った小路に車を止め、道の両側の草花を眺めながら玄関に進んで行った。暑さは昨日と変わらないが、時折の風が心地よかった。

「ごめん下さい」

控え目に声をかけると、

「ハイ、どうぞお上がり下さい」

と、待っていたように返事があって、あきのさんが境のガラス戸を開けた。生地の種類はよく分からなかったが、薄い紫色の和服を着て、正座して出迎えてくれた。

「あ、あの……その後いかがかと思いまして……」

「お蔭さまで、この通り元気になりました。昨日は本当にありがとうございました。さ、どうぞ、お上がり下さい」

あきのさんが当然のように勧めるので、昨日とは全く違った気分で居間に通った。

「改めて、御礼申し上げます。昨日は、何から何まで面倒を見ていただきまして、本当にありがとうございました。申し遅れましたが、私、草川あきのと申します」

「私は、木野朝子です。お加減の心配もありましたけど、もう一度お会いしたいと思って伺いました」

「住所はありませんでしたけれど、俳句のことが書かれていましたので、きっと来て下さると信じていました。あの二つの句は、明治生まれの私の父のものでした。今度の句会の参考にと思って書き留めていたものですけど。まあ、どうぞ、お楽になさって。ゆっくりしていって下さいね」

台所に立ったあきのさんは、昨日とは打って変わって、和服を自然に着こなし、しゃんと背筋を伸ばして、冷たい麦茶を勧めてくれた。

台所に立ったとき、初めて左の足を少し引いて歩いていることに気がついた。しかし、小柄な後ろ姿は、何となくミヤコワスレを連想させた。

「朝子さんは、お一人ですか」

「いいえ、結婚はしているのですが……義理の姉が事故でこの町の病院に入院していて、その看病に来ています」

「まあ、そうだったんですか。昨日もその途中でした？」

「ええ、あの後、義姉のところに寄って戻りました」

「まあ、そんな中で、すっかりご迷惑をかけてしまいましたね」

「いいえ、義姉の方は、足を複雑骨折してしまいましたので、一月くらいかかるらしいのですが、元気なんです。買い物や洗濯物を届けがてら義姉の退屈の時間つぶしに行く程度ですから」

「朝子さんは、お仕事をなさっていますか。もしかして看護婦さんかしら」

「えっ、どうして分かったんですか。今は、苫小牧で、民間病院のパートをしています」

「熱射病の年寄りの扱いが、あまりに当を得ていらしたから。やっぱりそうだったんですね。ご主人も病院関係で」

「いいえ、事務用品を役所関係やお店を回って、置かせていただくようにお願いしている営業マンで、忙しくしています。兄から、中学生の男の子と、小学生の女の子の世話係ということでＳＯＳが来まして」

にこやかに尋ねるあきのさんの質問に答えて、私は、たくさんの兄弟姉妹の末の方に生まれ、もう父母はいないこと、兄は隣町の金融機関に勤める転勤族であること、夫とは結婚して五年、子どもにはまだ恵まれないことなどを話した。

「そうですか。遠い街からいらしたあなたのような方に助けていただいて、本当に良かったわ。そうそう、これはほんのお礼の印です。受け取って下さいね」

あきのさんは、紺地に少し赤の交じった浴衣地を一本差し出した。

「とんでもありません。それに私、パッチワークとかは好きですけど、和裁はできません」

私は驚いてそれを押し返した。

「娘にと思って衝動的に買ってしまったものですが、生きていたら丁度あなたと同じくらいではないかと思って。あなたに着て戴きたいと思って、朝から待っていたのです。そうね、もし、ご迷惑でなかったら、一緒に縫ってみませんか」

「ええ、でもおばさまにはお仕事が……」

「夕方の三時からの三時間パートですから。午前中二時間くらい一緒にやれば、五、六日でできると思います。その後、一緒にお昼ご飯を作って食べましょう。あら、楽しくなってきたわ」

本当に嬉しそうに話すので、結局浴衣地は、そのまま置いて、特別のことがない限り、十時頃訪れると約束をしてその日は早めにお暇した。

「日本の和服は、本当に合理的にできているんですよ。生地に無駄がなく、自分の手一つで仕上げることができますからね」

たしか、小学生の頃、家庭科で少しは習ったような気がするがすっかり忘れてしまっていた。裁ち方から縫い代のへらの使い方、縫い目の始末、長針の使い方まで丁寧に教えられた。

「昨日、亡くなった娘さんとおっしゃいましたけど、いつ頃のことですか」

「ええ、あれは、娘が四つのときでした。戦時中はもちろん戦争後も数年の間、食べるものがなくて大変でした。子どもができて、私は働けませんので、生きていくためにまず必要なのは食べ物と言われて、豚を飼っていたんです」

「え、養豚ですか」

「養豚というほどのものではありませんけど。住んでいた家は、空知の稲作地帯の街はずれで、道路沿いに人がやっと歩けるくらいの幅の灌漑溝があったんです。でも、深さは大人の腰くらいありましてね。豚に、大鍋で煮た餌をやっていて、ちょっと目を放した隙に……水死させてしまいました」

「そんな小さなとき」

「それだけでは済まなかったのです。私は勿論ですけど、夫も飛び込んで、必死で探し回ってくれました。近所の人たちも捜索を手伝ってくれて、ずっと下流の方で見つかりました」

あきのさんが余りに静かに話すので、私は思わず針を止めてしまった。

「娘の葬儀が終わってしばらく経ってから、きっとそのときの無理がたたったと思っているのですが、夫も心臓まひで死んでしまったのです。戦地での後遺症と言って下さる方もあったのですが、娘の事故がなければ、死なずに済んだのです」

あきのさんは、一瞬目を閉じ、大きく息をついた。

「朝子さん、何年生まれかしら」

私が、昭和二十二年生まれですと答えると、

「あなたが生まれる十年ほど前、日本はいろいろ理由を作って中国に攻め込んで行きました。初めは勝った勝ったと勢いが良かったのですが、外地の戦場に行った夫は、ソ連軍との戦いで、九死に一生を得て戻ってきました。二本の指を失い、膝や顔にも負傷を負って、苦しい療養生活を送って……」

私は何も言えず、あきのさんの次の言葉を待った。

「私が代用教員をしていた小学校で知り合って、やっと戦争も終わり、これからというとき……せっかく戻ってきたのに、私が目を離したばっかりに、娘だけでなく夫まで死なせてしまって……」

針を持つ手を止めて、一瞬顔を歪めたあきのさんは、また平静に戻ると、

「ごめんなさい。やっぱり思い出すと、心が乱れてしまいます」

と、ひっそり微笑んだ。

そのとき、私たちは身ごろとおくみを片方ずつ分けて縫い合わせていた。私の問いに大正九年生まれと答えたあきのさんは、

「それでね、あなたが、てきぱき私を介抱して下さるのを見て、娘がいたらこんなかなと思ったわけなの。そうそう、おばさまは、他人行儀な感じだし、『お母さん』でどうかしら」

明るい表情に戻ったあきのさんは、いたずらっぽい目をして、でも、本気でそう思っている気持ちが伝わった。

私は、前の言葉の重みを受け止めかねていたので、

「それは構いませんけど」

と、思わず答えた。

「男の子が一人いますけど、外地にいますので電話くらいでそんなに会えませんし、嬉しいわ。ありがとう」

それを機に、あきのさんは私には続けて縫うようにと指示すると、台所に立って行った。

翌日は、袖の作り方やアイロンの当て方、袖つけの方法などを教えてくれた。

私は、仕事をしながらさりげなく気になっていたことを聞いてみた。

「お母さんにもう一つ聞いてもいいですか」

「どうぞ、何なりと」

「パートで働いていらっしゃるのは生活のためですか。そうは思えないんですけど」

「罰を与えているのです」

「えっ」

「大切な娘と夫を死なせてしまった罰です。動ける間、働かせてくれるところさえあれば、私にできる仕事をして、子どものために使ってもらおうと思いましてね、もう何年もユニセフに働いた分だけ送らせていただいています」

「そうだったんですか。それであんなに暑い中……」

「歳を取ると、どうしても出不精になりますし、あれは運動にもなりますしね。でも、大半はお皿などを洗うのが仕事ですけど」

戦争中は国民すべてが勝つことを信じ、ご主人が戦傷で帰って来たときは、勇敢にたたかった英雄と言われたそうだが、戦後は、戦争犯罪人と言われ、酒席とはいえ「ノモンハンのくたばりぞこない」とか「タコ」「八本」などとあざけられたこともあったと話してくれた。

「そんなひどい!」

「戻ってきたばかりの頃の夫の口癖は、死んだ戦友に済まない、でした。そのうち、折角戻ってきたのに、手足がない、口がきけない、目が見えない、男性としての機能を失ってしまった、そんな人がたくさんいるなかで、自分は働くことができて、かわいい子どもがいて、その人たちに申し訳ない、に変わりました」

「駅とかにいて、白い着物を着て、松葉杖をついたり、アコーディオンを弾いたりして、募金を集めている……」

「傷痍軍人ね。中には、両手両足ともとられた人がいて、話したり考えることはできても、自分で座っていることができないので、カメに入れられている人もいたそうよ」

「えっ、カメって、大きな漬け物用の?」

「そう、夫が亡くなる頃は『あいつ達はどうしているかなァ、今頃は家族の厄介者になっているだろうなァ、こんなに世の中が変わって、支えるものが亡くなって……あいつらには、一生補償してやってほしい』というのが口癖になっていました」

話を切り上げたあきのさんは、昔ながらの折畳みの卓袱台を出しながら、

「でも、こうして今も元気で働けるのは、毎日お店のご主人や一緒に働く若い方達とお話ができるからかもしれませんね。朝子さん、切りのいいところでお昼にしましょう」

と、明るく声をかけてくれた。

翌日、夫からの連絡で急に帰らなければならなくなり、義姉の病院の帰りに立ち寄ったとき、

「このまま、お別れということはないでしょうね。まだ、浴衣はでき上がっていませんから、必ず仕上げに戻って来て下さるように、私家本ですけど、読んでみて下さいますか。きっと、戻しに来て下さいね」

と、何箇所か付箋を貼った小冊子を渡してくれた。

近所の家に不幸があったための夫の呼び出しだった。

通夜、葬儀などの手伝いを終えて、遅い夫の帰宅を待ちながら、紫色の本の最初の付箋

のあるページを開いた。

「かへらぬ子」という俳句には、亡くした女の子への思いが溢れていた。あきのさんばかりでなく、ご主人がどんなにその女の子を可愛がっていたかということも、その歌の中から読み取ることができた。

そして、二つ目の付箋は数多くの短歌だった。

「恩賜の義手」という作品の中のノモンハンという草原がご主人の戦った場所なのだろう。

ソ連・モンゴル対日本・「満州国」の十三万人を巻きこんだ戦闘は、千台の戦車、八百の戦闘機、通信での撹乱作戦などによるソ連の圧倒的な力によって、日本側の死傷者は、たった四カ月で二万一千名を超えたといわれる。

しかし、ソ連側も多くの死傷者を出し、モンゴルは、国の予算の半分近くをこの闘いに費やしたと書かれていた。

ご主人の所属する第七師団は、三カ月で死者千五百人、負傷者は二千人余もいたこと、ご主人は大怪我をしたため助かって、無事戻ってくることができたことなどが詠われていた。

恩賜――「天皇」がくれたもの――の桐の箱に入っていても、紫の紐で結ばれていても、ご主人の部隊の二百三十七人は戦死して、残ったのはたった三人。しかも家族とは遠く離れたモンゴルとの国境近く。

「指がある」と生まれたばかりの赤ちゃんの手をまさぐるご主人、怪我で失ったのだから、大丈夫に決まっているのに。季節の変わり目に指が痛むという夫の丸い指先を口に含んで温め、白い毛糸でぼっこ手袋を編むあきのさん。

短歌を一つひとつゆっくり読みながら、あきのさんの生きてきた時代の男性、女性、父親や母親、たくさんの子どもたち、家族のことを考えるとどうしようもない気持ちになって、あきのさんに手紙を書き始めていた。

あきのお母さま

あわただしくお別れをしてまいりましたのは、ご近所に不幸があったからなのでした。義姉の方は大丈夫ということなので、あと一日こちらの用事を足して、伺うのは明後日になりますが、浴衣を最後まで縫い上げるために、必ず戻りますのでご安心下さい。

ご本読ませていただきました。作られたのは、きっと、まだお若い頃なのでしょうね。やっと帰ってきたご主人は、たとえお怪我をされていたとしましても、お母さまにとってどんなに心強く思われたことでしょう。私などは全く知らなかった戦いでしたが、お歌から想像する戦闘はすさまじいものだったのですね。

「おっぱい頂戴ね」といって小さな手を重ねている女の子、赤い靴を履いて、早くはやくとお母さんの手を引っ張っている姿、縁側に座って家族みんなと西瓜の種を飛ばしていたのでしょうか。季節の移ろいにつれて詠み込まれているお子さんへの想いが溢れていて、涙がこぼれてしまいました。

「秋草の花に埋もれて七七忌」という句から、夏に亡くなって、四十九日はもう秋……せっかく授かった女の子を川で亡くし、ご主人までも失ってしまった無念さ、ご自分を責めるお気持ちも痛いほど伝わりました。

文字に著わされた俳句や短歌は、短いものなのに話すことよりも、ずっと深く心に入り込んでくるものなのですね。

実は夫と別れて、一人で生きようかと考えていたところでした。戻ってからゆっくりご相談したいと思います。

八月四日
木野朝子
「襟をつけるときは、まず背縫いのところに襟の真ん中をまち針で止めてね。そうそう、裏を表にして」

あきのさんの和裁教室は再開され、その後は以前より親しく話すことができるようになった。ご主人が亡くなったあと、息子さんが独り立ちするまではと、教員を続け、早めに退職した後、冬も晴れた日の多い十勝にと、この町に移り住んだことも話してくれた。

一緒に作った昼食を済ませ、お茶を戴いて、義姉の病院へ寄る。義姉との話が長引いて、少し遅くなって帰るとき、あきのさんがいつかのように出前の木箱を持って歩いているのを見かけることもあった。少し、左足を引きながら歩く姿は、家で一緒に浴衣を縫っているときの生き生きした表情とは違って、少し疲れている感じがした。

あきのさんからは、何も聞かれないので、夫のことはまだ話してはいなかった。

つい最近分かったことだったが、夫は、売り上げが思うように行かないことが続き、自分で買い取った月が続いたという。私にも言い出しかねて、上納金を手軽なサラ金から借り、それを重ねているうちに、家に直接取立てが来てそのことが明らかになった。

「どうして言ってくれなかったの」という問いに、「君だってパートで働いているし、自分のことは自分で始末したかった」と答えた。優しい人だが、気が弱いところは、結婚当初から気になっていた。

姉の病院を初めて訪れた日、「正看護婦募集」の張り紙が目に飛び込んできた。夫がこの仕事を続ける限り、今後もこんなことがまた起きるのではないか。幸い子どももいないし、看護婦として正職員になれば一人で暮らすことはできる。いっそのこと別れてこの町で暮らそうか。

あきのさんが台所に立っている間、そんなことをぼんやり考えて、手が止まっていたらしく、

「朝子さん、どうして離婚なんて考えたの」

突然、後ろから両手で肩を揉みながら聞かれて、

「まだ、夫には何も言っていませんし、考え中でした」

とその話をすると、じっと聞いていたあきのさんは、

「私からすれば、朝子さんの悩みは贅沢かなあ」

とため息のように呟いただけだった。

その日の帰り際、

「良かったら、この本の最後の方を読んでみて」

と言って、あきのさんは別の一冊を渡してくれた。

兄親子が、寝入ったあと、その冊子を読んで、あきのさんの左足を引く原因が分かっ

た。

四十八歳のとき、横断歩道を渡っていて、骨盤を折る交通事故にあい、八カ月もの入院生活を送っていたのだった。

そこには、事故から退院までの二十首ほどの短歌があった。

当時、お産は自宅出産がほとんどだったそうだから、あきのさんには、初めての入院だった。物体のように扱われ、夫にしか見せたことのない恥部までも多くの目に晒されたこと、骨折した方の脚を滑車のようなもので吊り上げられて、足首の皮がむけ、仰向けで寝たきりの三カ月間は、亡くなった夫や母を求め「耐え難きこのさいなみよ夢にても夫よ来りて抱きしめたまえ」と詠っている。

物静かな感じのあきのさんが、これほどまでに赤裸々な表現をしなければ耐えられないほどの心身を貫く痛み、その痛みが耐え難くなったとき、幼い頃に立ち返って、亡母《はは》を求め「只母恋し亡母来たりてよ」と詠っている。

母……目を閉じると、五、六歳の頃、母と妹の三人で大きな酒樽のような木の風呂に入っているときの情景が、湯けむりとともに浮かび上がってきた。その頃の母は、私の祖母と言っても不思議ではない年齢だったと思う。妹を抱いてお湯を自分の方にかき寄せながら、

「何でも自分のものにしようと思って欲張ると、反対にこんな風にみんな逃げて行ってしまうんだよ。朝子、母さんの方へお湯を送ってみてごらん」

向かい合っていた私は、母と妹に向かってお湯を押し出した。

「ほら、グルーッと回って、また朝子の所に戻るでしょ。人に親切にすると、いつか自分の所に何倍にもなって戻って来るんだよ」

妹の小さな手と母の白い肌の色まで思い出すことができる。でも、何の話からそうなったのかはよく覚えてはいない。

「すがる人なければ杖は投げ捨てむ起たねばならぬ歩まねばならぬ」

こう詠ったあきのさんは、こんなに辛いことの連続だったのに、長いリハビリの末、敢然と起ち上がり、今も働き続けている。

〝もしかして、あきのさんはこの事故さえも「罰」と考えているのではないだろうか〞

とっさに、私はそう思った。

木箱を抱えて、片足をひきながら、炎天下の街中で出前持ちを続ける強い意志を持った老女。

「でも、『罰』が多すぎ！」

思わず、声に出てしまった。

それに引き換え、自分の考えは何と安易なことか。一度は人生をともにと考えた人が、仕事のために犯したほんの少しの失敗を理由に、簡単に夫を切り捨てようとしていた。

営業の仕事は、世界の政治や経済に大きく左右される。ニュース一つにも影響を受け、本人の努力だけではどうしようもないことがあるということは、理屈ではわかっていた。しかし広いエリアを受け持ち、ノルマを与えられ、夜おそくまで働く夫の厳しさを少しでも考えただろうか。

もし相手を思いやる気持ちがあれば、売れなくて悩んでいた時期、サラ金の借金が重なっていった時期、その表情や態度に気づかない筈はない。夫の行動は、私の気持ちが、その頃彼から離れていたことの証明でもあった。

「贅沢かなあ」と、断定を避けたあきのさんの優しさは、苦難を乗り越え、それでも妥協しない強さと、簡単に妥協できない哀しさを併せ持っていると思った。

明日は、浴衣ができ上がる筈だった。

「こう折って、こうやってアイロンをかけると多少縫い目が不揃いでも大丈夫。昔はね、居敷当《いしきあて》といって、屈んだり座ったりすると縫い目が綻びてしまうので、この辺りに布を当てたのね。今は、椅子にかけることが多いから、若い人は要らないみたいね」

「アイロンかけが終わるとでき上がりですか」

「そうね。頑張ったわね、朝子さん」

あきのさんはでき上がった浴衣を着てみてほしいと言った。自分の若い頃の帯を出してきて結び終わると、鏡台の前に立った私の浴衣姿を本当に嬉しそうに後ろから眺めた。

私を見てはいるが、その表情からあきのさんの心には、今、きっと喪った娘さんが映っていると感じられる瞬間があった。

「ところで、どうなったの。離婚話」

元の表情に戻ったあきのさんは、結んでくれた御太鼓をパンパンと両手で叩きながら聞いてきた。

「ハイ、やめました」

私は即答した。

「そう、よろしい」

あきのさんも大きく頷きながら、ひとこと答えた。

「私からもお母さんにお願いがあります」

「なあに」

「『罰』はもうやめて下さい」

びっくりしたような顔をしたあきのさんは、私の肩に両手を置いて横から顔を覗かせ、鏡の中の私に向かってニコッと笑った。

その後も時折訪ね、手紙のやり取りをした。

訪ねる度に、家の中のものが少なくなって、生活はますます簡素になっていると感じられた。

そしてあの後も、あきのさんは「罰」を受け入れ続けていた。

それでも晩年〝朝子さんとお付き合いするようになって、世界のどこかで、子どもたちの役に立っているのだという喜びの方が、「罰」に勝ってきているの。ちっぽけなものですけどね〟と書いてくれていた。

結婚八年目に女の子が生まれたと連絡したとき、わざわざバスや列車を乗り継いでお祝いを持って訪ねてくれた。

まだ、眠ってばかりの娘が目を覚ましたとき、「亜樹、あなたのおばあちゃんよ」と言って、あきのさんに手渡すと、表情はとても嬉しそうなのに、皺を刻んだ目尻に涙を浮かべ、

「良かったね、亜樹ちゃん、お父さんとお母さんがいてくれて」

そう呟くと、いつまでも娘を見つめながら抱いていてくれた。

七十を超える頃から、活動は句会や短歌の投稿のみにして、シベリアの抑留者について書いている『収容所《ラーゲリ》から来た遺書』（辺見じゅん）や『もうひとつの満洲』（澤地久枝）などを、ノートに書き写しながら読んでいると書いてくれたりした。

娘が成長するにつれて、あきのさんとの交流も間遠になっていた。

出会ってから十数年後の十一月に入ってまもなく、突然、息子と名乗る人から、あきのさんの訃報を知らされた。

台所の側で、倒れていたところを集金に来た人に発見されたということだった。あきのさんは、亡くなった場合の連絡先、葬儀の手配などを覚書のようなものにして遺していた。

海外にいて、忙しさに紛れ、いつも元気だという母親の言葉を信じていたという息子さんは、喜寿の誕生日にもらったという手紙のことを話しながら、一瞬言葉を詰まらせた。そして、あきのさんとの交流への謝辞を述べたあと「全て母の意向を尊重してことを運びました」と伝えてくれた。

俳句の親しい友人と、私と息子さんであきのさんを送った。

私は、いさぎよい最期をむしろ笑顔で送ってあげたいと思った。

火葬場に行く前に、友達に入念に化粧をしてもらったあきのさんは、びっくりするくらい美しく、まるで少女のように見えた。私は、好きだといっていた白いゆりの花を棺に敷き詰めてお別れをした。

どの冊子にか、自分が亡くなったときは若くして逝った夫への妻の証拠として「恩賜の義手」を棺に入れてほしいという歌を見たような気がした。しかし、棺の中のあきのさんは白百合に囲まれて十分美しく、義手がなくてもすぐに気付いてもらえると確信できた。

火葬場からの帰り道、なぜか、初めて逢った日にあきのさんの便箋に書かれていた、お父さんのものという句が映像とともに脳裏に浮かんだ。

火葬場へ一筋道の枯野かな
星一つ横切りて飛ぶ天の川

＊　＊　＊

河岸段丘になった高台で車を停めて、あきのさんの住んでいた街を見下ろしてみた。

初冬の日暮れは速く、西の空に沈もうとする太陽が、あたり一面を緋色に染めていた。日高山脈の稜線が、一際浮き立って見える。

三月の地震、津波、原発の被災地相馬市に、この町は姉妹都市としての支援を続けていると新聞記事で知った。

あきのさんが、六十半ばの私の今の年齢で、この町に生きていたらどうするだろうか。「運転をして、ここまで来られるんだもの、被災した方の話を聞いてあげたり、送られてきた本や衣類の整理ぐらいはできるんじゃない。行ってらっしゃい」

今消えようとしている太陽から、凜とした声が聞こえてきたように思えた。

その声に応えるように、大きく長くクラクションを鳴らした。そして「おゆうぎかい、きてね」とはみ出そうな大きな字のはがきをくれた孫娘の待つ町へと車を発進させた。

引用俳句…父・姉の句

# 冬子さんとのこと

その日、十一月に入っていくらも経っていないのに、夕方から細かい雪が降り始めた。

町の文芸誌の編集委員会はいつも夜で、遠くからの出席者が時おり窓外に目を向け、そわそわしているのが分かる。古い集会室の換気口がカタカタと音を立て始めた。

編集委員会が終わり外に出てみると、雪は思ったほど積もってはいなかったが、風は強く、時おりヒューという音とともに降った雪を巻き上げる。

「志帆ちゃん、去年みたいに滑って転ばないでよー」

慌てん坊で定評のある私に、芳枝委員長が車の窓を少し開けると、声をかけ走り去った。

最後に駐車場を出た私は、いつも左折する交差点の信号が黄色だったし、少し前に通ったような轍があったので、一本手前の仲通りを左折した。家まで一キロちょっとの距離でも、吹雪いたり、車の通りが少ないと、横道に入って立往生したことがある。早く帰らなくては、と気が急いていた。

曲がってから二つ目の交差点に近づいたとき、右側で何かが動いた。咄嗟にハンドルを左に切ったが、車輪が何かを踏んだ、と思った。交差点を左折したというよりは、横道に突っ込んだように斜めに止まり、ライトも車の向きもそのままに、私は車外に飛び出した。黒い影が蹲って、動いている。

「大丈夫ですか」

駆け寄りながら、私は上ずった声で聞いた。

「ハイ、私は大丈夫ですが、雪掻きが……」

くぐもった声が答えた。車輪の下敷きになった赤いプラスチックの雪掻きは、柄が取れて、一部は欠けて飛び、残りはひしゃげて転がっていた。雪明かりの下で、黒っぽい服装の女性が、しゃがんだまま、両手で周辺を撫でまわすようにしていた。

「ごめんなさい。車で轢いてしまって、もう使えないと思います。明日、同じ物を買って、お届けしますので、お許し下さい」

人を撥ねたのではなかったという安堵感でやっとつばを飲み込んで答えると、人影はゆっくり立ち上がり、雪を掃っている。

「私、高校通りの河埜《かわの》と言います。本当に申し訳ありません。この雪掻き、持って行っていいでしょうか。明日店が開くのは遅いと思いますので、お宅の前の雪は、私が朝早く除雪に来ますので」

焦ってまた早口で言うと、

「スコップがあるから、いいですよ。私が縁石を踏み外して、雪掻きを抛《ほう》り出してしまったのですから。わざわざ買わなくていいです」

今度は、しっかりした声で答えた。

「いいえ、とんでもありません。明日伺いますから」

ホッとして車に戻ろうとすると、

「すみません、私を家まで連れて行ってくれませんか」

と、切羽詰まったような声が追いかけてきた。

言われた建物を探すと、すぐ横の家だった。私は、女性の手を引いて雪の少ない所を選び大回りして誘導した。

「少ないうちに掻いておかないと、明日お客さんが困ると思って、つい、いつもはしない所まで進んでしまって……転んで、雪掻きを探しているうちに、方向が分からなくなってしまったんです。ありがとうございました」

玄関の中まで送り届けて、初めて「大出《おおいで》鍼灸治療院」という玄関灯の標示を見た。

点いたままの車のライトの中で、雪は先ほどよりも激しく降っていた。

逆にお礼を言われて、十センチほど積もった車と自分の体の雪も掃って暖かい車内に乗り込むと、大きく息を吸い込んで、しばらくは脱力したように運転席に座り込んでいたが、何とか家まで辿り着くことができた。


夫は、学生時代から山好きの高校教諭。六歳も上なので、私にとっては今もかなりの面で保護者のような存在だった。日高山脈に近い町と純朴な高校生が気に入ったと言って、三番目の赴任校であるこの町の分譲地に家を建てて十年を越えた。

その夫に聞くと、大出治療院はこの町出身の大出冬子というあの人が十年ほど前に一人で開業、盲学校で専門教育を受け、鍼灸マッサージ師の修行もみっちりやってきた人だという。高齢者や町の人たちは勿論、スポーツで肩や足腰を痛めた高校生なども治療に通っているということだった。

約束した除雪のため、翌朝六時頃、早起きの夫と一緒に治療院に出かけた。夕べの雪は朝方止んでいたが、吹雪いたせいか、国道は勿論、小さな仲通りも今年初めての除雪車が、きれいに道を開けてくれている。町の除雪車は、三時頃には農村部から出動し、主要道路を走る。集乳車や子どもたちが出かける頃には、大吹雪でもない限り、通行に支障がないように、地域ごとに建設業者や近隣農家が請け負って除雪する。

玄関前と駐車スペース二台分の除雪は、七時前に終わった。帰り頃には、朝日が昇り始め、吹雪の後の空は冬も十勝特有の澄んだ青空で、一面のまっ白な雪に学校林の松の緑が映え、赤い実をつけたナナカマドの枝から吹き上げる風が積もった雪を掃い落とす。

八時過ぎに、訪問したいと告げると、除雪のお礼を言われて、診療予約のない午後一時から二時の間ならと承諾してくれた。

買ってきた雪掻きとグーズベリーの手作りジャムを持って、朝、雪掻きをした駐車場に車を止めて、チャイムを押す。

診療所の建物は個人住宅だったようで、普通の家の玄関の靴箱の上には、雪柳とリンドウが生けられていて、オレンジ色の長靴と男物のサンダルが置いてあった。

二階に通じる上がり框が受付らしく、一人掛けの籐椅子とガラス張りのテーブル、パンフレットや雑誌などが置かれている。

右手が治療室らしく十二畳くらいの部屋に治療用のベッド、整理棚、洋服掛けや消毒セットがあり、奥の方には開かれたままのパソコンが置かれていた。

この冬初めての雪と、窓からの日差しでカーテン越しの室内は明るく、暖かかった。

その部屋を通って、奥に案内される。横長の十畳くらいのダイニングキッチンが、彼女のプライベートゾーンらしい。飾り物などが一つもなく、違和感を覚えるほどすっきりした部屋だった。

「改めまして、河埜志帆と申します。夫はこの町の高校に勤めています。新しい雪掻きは、郵便受けの横に置きました。これは私が作ったベリーのジャムです。お口に合うかどうか分かりませんが、召し上がってください。夕べは、本当に申し訳ありませんでした」

「大出冬子です。二月生まれです。夏でも冬子です。却ってお気遣いいただきまして」

〝この自己紹介は、名前を決して忘れないな〟と親近感を感じてしまった。

見えない筈の冬子さんを観察する。向かい合った冬子さんは、小柄で、ピンクの治療用のユニホーム姿だった。細面の顔に長い髪が両肩に掛かっていて、アイヌ文様の木のバレッタで前髪を止めている。ほんの少し青みがかった縁なしの眼鏡をかけていて、光線の加減によっては、左目の白い濁りが分かる。華奢な感じだが、半袖から見える腕は太く筋肉質で、四十代後半くらいの明るい感じの人だった。幾分前かがみで、首を左に傾げ、猫の毛が服に付くかもしれないといいながら、窓際のソファを勧めてくれた。

無駄な物が何もない室内での動きはスムーズで、全く違和感がない。お茶を入れるとき、左手で湯呑みを持ち、急須の注ぎ口を確認した。なしの皮を剝いてくれる時も、食器棚からお皿を出すときも、まるで見えているように自然だったが、目で見る代わりに、指で確認する所だけが違っていた。私がやりましょうか、と言わなくて良かったと思った。

私は、障がいを持っていても一人で生計を立てているくらいの人だから、寧ろざっくばらんに聞いた方がいいと考えた。

「大出さんは、まるで見えているように自然に動かれるので、目が不自由なんて全然思えませんね」

「家の中だけはね。でも、知っているつもりでしょっちゅうあちこちぶつけています」

「そうなんですか……」

暗闇でもトイレの電気とか、玄関の鍵ぐらいなら、手探りで何とかできる。でも、生活のすべてを同じようにできるかと考えこんでしまった。

治療院は病院より高いと聞いていた。しかし、ここは医師の同意があれば、保険診療が利くという。今回のこともあるし、たまには治療に来た方がいいか、とも思っていたので、ほかにもいろいろ聞いてみた。完全予約制で、電話すると、空いている所を教えてくれて、次回からはその都度予約できるという。普通この辺りでは一時間三千円前後だが、体の状態や鍼を使うかどうかで金額が変わると答えてくれた。その上、彼女は視覚障がい者の会で、弱視の人からパソコン操作を習い、音声を使って保険請求はもとより、メールの遣り取りから年賀状の作成、ネット通販まですべて自分でこなしているということも分かった。

私は、メールとゲーム以外にパソコンは触ったことがない。仕事以外では、同年代でもそんなに詳しい人はいないと思っていた。

自分と比較して、その生活といい、パソコンでの仕事内容といい、何気ない彼女の発言は大ショックだった。どうしてそこまで一人でやろうと思ったのかと尋ねると、

「母は、複雑だったようですが、父が、独りで生きていくには、小さい頃からがいいのだと言って、小学校から全寮制の盲学校に入れられたのです。家から離れた当初は、冷たい親だと淋しい思いもしましたけど、そのうち諦めて、大きくなるにつれて友達もできましたし、大人になってからは感謝しています。たいていのことは自分でやれますから」

学校では、通常の勉強や点字だけでなく、寮生活を通じて生活上の躾や、不自由だからと何でも人に依存しないように、服装や言葉遣いも他の人に不快な感じを与えないように厳しく教えられたのだと、冬子さんは淡々と答える。

「そんな頃からご両親の元を離れて……」

兄や両親に甘えていた自分自身の小学校の頃を、両親から遠く離れて目が不自由な冬子さんの寮生活と重ねあわせて考えると、少し声が詰まってしまった。

「でも、その分、ここに帰ってからは、両親や兄姉の援助をたくさん受けましたよ」

冬子さんは私の雰囲気を感じたのか、明るく話しかけてくれた。

「私なんかが手伝えることってありますか」

「そうですね。矢張り一番困ることは移動ですかね。生け花と陶芸を習っているのですが」

「生け花？　陶芸？　目が不自由なのにどうやって花を生けるのか、混乱してしまった。

「ほら、夕べのように一歩外に出ると、ギブアップでしょう。兄も姉も現役で仕事をしているので、やりたいことや行きたいところがあっても、なかなか行けないんです」

「そうですか。社会福祉協議会がボランティアを募集していましたから、何処かに乗せて行く位なら、私でもお手伝いできそうです」

「ありがとうございます。でも、私は働いているので、ボランティアばかりは嫌なんです。何だかお世話になりっぱなしという感じでしょう。できれば、ちゃんと代金を払って、その代わりいいサービスが受けられたらと思います。そういう担い手が増えてくれるといいなあと思いますね」

これまで、移動は市町村が独自政策として行っていた。同行援護という国のサービスは出来たが、駅や空港の送迎、趣味の会やコンサートなども利用できる筈なのに、公的なサービスは町内のみという所が多いのだという。

時間が来るまでの冬子さんとの話は、驚きの連続だった。視覚障がいというと、援助してあげなければ、何もできない人のように思っていたのが、とんでもない間違いだということが分かった。それどころか、健常者といわれる私達の何倍も努力し、好きで障がい者になった訳ではないのだから、ボランティアの手をどんどん借りてもいいと思うのに、甘えたくはないと言う。

自分がプロとして報酬をもらうように、料金を払ってもより良いサービスを受けたいと言う。ぬるま湯のような、これまでの生活を反省させられたような気がした。

春には二人の子が札幌で、上が就職、下が大学生になる予定なので、私も何かしなければと思っていたところだった。彼女のような人たちを援助する方法があるのなら、と何か素敵な発見をしたように嬉しかった。

時間が来て立ち上がったとき冬子さんが〝うちの主《あるじ》にゃん太郎です〟と紹介してくれたのは診療室から入ってきた巨大な三毛猫だった。背中を丸めて全身を使った大きな背伸びをし、私が座って温まっていた場所に飛び乗ると、これまた顎がはずれそうな大欠伸をして、おもむろに丸まると寝てしまった。

冬子さんは、小さい頃、明るさや色の感じが少しは分かったという。年とともに昼間は明暗が感じられる程度になって、最近はほとんど分からなくなったわ、と少し開き直ったように言っていた。

見えないのに、ランダムに並ぶキーの位置を覚えて「は、し」と打つ。①物の端②渡る橋③食べる箸④くちばしの嘴……と機械的なコンピューター独特の読み上げから漢字を選ぶのだと、後日実際にやって見せてくれた。

それなのに、見える私が怠けてはいられない、と追い込みに入っている息子と同じくらい熱心に取り組んだ。夫のノートパソコンとノウハウ本、少し詳しいママ友の助けも借りて、免許の取得以来と思うほど、のめり込んで勉強した。インターネット操作も、夫に教わりながら、ほぼマスターできたと思う。

その成果を駆使して冬子さんから教えてもらったキーワード「障がい福祉サービス・同行援護」のあとに近所の町村名を入れて検索してみた。サービスエリアが広く、介護の仕事もしていて就職できそうな事業所。注意して探すとわりと近くにあった。

冬子さんには内緒で、直近で行われる障がい者ガイドの養成講座に通い始めた。何となく、敗けてはいられないという健常者としての意地のような気持だった。

その講座で、この資格のみでは料金を貰っての同行はできないことが分かって「有償運送に従事する人の研修」というのも、少し遠かったが、雪道に難儀しながら二日間通った。

漸く全日程が終わった日、真っ暗な中で車庫前の雪を掃い車を入れて、フードの雪を掃って家に入ると、夫が水餃子の鍋を用意して待っていてくれた。

その後、ネットで探した事業所に電話をかけて直接訪問した。障がい福祉サービスの管理者という若い男性が、まず「職場体験」というのをやってみないかと言ってくれた。

その時点で冬子さんに報告し「体験受講前の実習をさせてほしい」とお願いすると、とても喜んでくれた。実際にやってみるのが一番、ということになり、ある日曜日、買い物がてら帯広のデパートに出掛けた。

「人には個性があるからね、初めての人にはちゃんと聞いて。事業所の仕事としては、責任者が契約の時、聞いてると思うけど」

冬子さんは、バッグを斜めに肩にかけ、私の右腕を後ろから左手で摑んだ。最初に言われた通り、車の助手席のドアの取手を触らせてあげると、お尻から上手に乗り、降りるときは何の援助も必要がなかった。

歩くときは、普通にと言われていたので、初めてにしては上々！　などと誉められて、得意になっていたら、階段を上るとき、

「普通に歩いて！　気にして後ろ見たりするとかえって危ないから」

と注意される。腕に触れていれば、踊り場です、ドア開けます、エスカレーターに乗ります、と事前に言うと、本当に自然についてきてくれることがだんだん分かって、友達と歩いているようにおしゃべりをしながら歩けるようになった。

「ひゃー、自転車があって狭いよー」

「OK、一緒に横向きになって行くよ」

「これまでに困ったことってある？」

「あるある。駅に送って貰って、特急の指定席に載せて貰った時ね、新米だったんだね、きっと。声掛けてくれなかったから、汽車のステップ分かんなくて、隙間に足落ちちゃったの。『すみません。パンスト破れて血が出てる！』って、彼女も焦ってるけど汽車出ちゃうでしょ。『いいから、早く座席に連れて行って！』って怒鳴っちゃった。その時、荷物持って貰ってたんだけど、彼女、慌てて網棚に載せたまま、場所も教えないで降りちゃったんだよね。ひどかったよー。怪我はしょっちゅう」

「かわいそう。それでどうしたの」

「検札に来た車掌さんに助けて貰った。降りた所にはボランティアさんがいたし」

介助者は、指示されない限り、親切そうに荷物は持たないこと、両手は何か危険なことが起きた時、助けられるように空けておく。預かった荷物は、手で確認して貰うなど困ったときのエピソードもたくさん聞いた。

講座で習ったよりもずっと具体的で、何故そうするか、受け手の恐怖、心配なども実地訓練をしながら教わった。

実習から一月もたたないうちに、年格好もあまり変わらない私たちは、昔からの友達のように気軽に話せるようになっていた。

生け花や陶器は、理由を話して許可が貰えれば、介助者の説明と手で触れることで作品を味わう。飲み物、食べるものは、熱さなどを注意して、置いた場所を触れて貰う。ご飯なども上手に箸を使って食べるが、最後に纏めてあげ、希望があればスプーンなどできれいに食べて貰う。

冬子さんの休みは、日曜日だけなので、彼女も万難を排して協力してくれたように思う。

事前実習は功を奏して、十日間の職場実習は優秀な成績で無事終了。終了時には、かの男性管理者から「このサービスは国からの報酬を受けていますので、くれぐれも守秘義務に注意して下さい」など念入りなレクチャーを受け、即採用となった。

最初は、冬子さんのみで勤務表に応じたランダムな時間パート、その後様子を見て、再度労働条件は話し合うということになった。

初めての買い物のサービスの時、私は、少し緊張して丁寧な言葉で話し始めた。

「事業所に言いつけないから、今まで通りでいいよ。リラックス、リラックス」

いつも買う物は、どこの銘柄の何枚入りのパン、などと決まっている。野菜は、鮮度、値段、個数などを知らせる。

ある時、つい焦って、カートの側に冬子さんを置いたまま、目に入った品物を取りに行った間に、他のお客さんがカートにぶつかり、反動で、冬子さんが棚の品物をいくつか落としてしまった。

「知らない人は私の方がよけると思うの。あなたが私の眼なんだから。ヨロシク！」

と、その時はそれで終わった。

洋服や下着などは、あらかじめ金額、サイズ、色の好みなどを聞いて、いくつか選び、彼女が手に取った物を説明する。探しているうちに、値段も色あいも素敵なダウンのコートがあった。私なら絶対買うと自信をもって勧めたが即座に断られてしまった。ダウンの量、ステッチの入れ方を触ってみて、直ぐにダウンの中身が下がってしまうと判断したのだった。

「外では、一人で置いて行かないでって言ったでしょ」

と少しきつい表情で言われた。その時も彼女を暫く一人ぼっちにしてしまったのだった。

きっと、喜んでもらえる、と冬子さんのためを思っているようで、つい、自分の想いが先走って、一人で知らない場所に取り残される冬子さんの不安を忘れてしまう。まだまだだと自己嫌悪に陥ってしまう。

冬子さんは、買った物にはすぐ、点字で説明をつける。外出時は、バッグも靴も洋服に合わせて、見事にコーディネイトしているのだ。私達は、スーパーだの通販だのと、安いものを衝動買いすることもできるが、冬子さんが本当に気に入ったものを買うためには、誰かに連れて行ってもらわなければならず、その人の目と自分の手触りで想像して買わなければならない。私たちは、情報の八割から九割を視覚から得ていると思う。インターネットでの情報網が増えたとはいえ、冬子さんは、大半を耳からか、点字で私たちよりもずっと時間をかけて取得しなければならない。

「自分でお風呂掃除する時は安いシャンプーで洗って、ツルツルになったか、手で触って確認するの。いつか、ヘルパーさんに掃除して貰ったら、入った時、湯船の中で背中がザラッとしたのね。手抜きしてるなと思ったら、もう駄目。その人は断った。声掛けなしで、何でもする人もバッかな」

と話していたこともある。主婦としてのほほんと暮らしてきた健常者の私には、想像もつかない、多くの辛い経験や失敗もあったのだろうと思う。

実習時のアイマスク歩行の頼りなさ、恐怖感を思い出し、一緒にいるときは、命を預かっているのだという緊張感と、自分がショッピングやコンサートやレストランで感じるような満足感を、冬子さんにも感じて貰いたい。そのためにがんばらなくちゃと改めて気を引き締めた。

私はただ単に詩の応募者が少ないというだけで、十人ほどの文芸誌編集委員の一人になっていた。最若手の編集委員としてはみんなから、新しい投稿者の募集を期待されていた。まだ何とか最終校正に間に合わせられると考えたある日、

「冬子さん、パソコンで、文章を書けるんだから、町の文芸誌に投稿してみない？」

と、誘ってみた。

「みんな、どんなことを書いてるの」

「そうか、点字の文芸誌はないもんね。いくつかテープに入れてあげるね」

私が吹き込んだ最近の作品を耳から聞いた冬子さんは「主にゃん太郎」にまつわるエッ

セイを書いてくれた。人におもねることなく、悠々と、でも、憎めず何となく尊敬に値するような感情を人間に持たせる、不思議なにゃんこ像が楽しいエッセイだった。

「この間のエッセイね。この、軽妙な文章、句読点、文字、完璧でしょって、見えない冬子さんがどうやってこの原稿を書いているか、みんなに演説しちゃったの。そうしたら最初の私の時みたいに驚いてね、この人の読書量が想像できるねって、委員長はじめすごく感心して、すごーく喜んでくれた。私の点数まで上がっちゃったよ」

「本当、良かった。鍼灸師会の会報にも原稿書いてるけど、原稿用紙っていうのに印刷したのは初めてなんだよね。どこが違うの。ただの正方形のマス目なんでしょ」

「え、違うよ。四百字詰めなら正方形のマス目が一列二十字あるでしょ。次のマス目との間に細い横線のない列が入ってまたマス目が入って、と二十列繰り返すの。そのただの線だけの列は、訂正したとき、書き込み易いようになっていると思うの」

「えー、そうなの。初めてわかった。原稿用紙ってただのマス目じゃないんだ」

新しい発見で、少しうれしくなって、他にやってあげられることはないかと聞いてみた。

「贅沢かも知れないけど、専門書とか今すぐ自分が読んでみたいものがテープになれば、台所仕事をしながらでも聞けるから、そういうボランティアがいたらいいなあ」

「なるほど」

「それからね、私にも『町だより』は配ってくれるのよ。だけど、私にとっては何も書いてない白紙と同じ。少数だけど、他にもそう思っている人はいると思うの」

「なーるほど」

どんなことでも興味を持たなければ、すぐそばにいる人、書いてある大事なこと、人の話などでも、実はほとんど意識に入ってはいないということを冬子さんとの触れ合いから幾つも知らされ、それが私にはとても新鮮だった。

私は昔から、夫や友人に母似の「善意のお節介焼き」とも言われていて、失敗も多かったけれど、これは放っておく訳にはいかない。

いい考えが浮かんだ。山の仲間で夫と仲良しの山下春樹くん、社会福祉協議会という組織の中にいる臨時職員で、私より五、六歳若く独身。彼はバイク事故のせいで聴覚に障がいを受け、補聴器をつけて何とか乗用車の免許は継続できているが、職場も障がい者枠で雇用されている。高校卒業までは健常者だったから、リハビリなどで勉強したらしく、口の形や雰囲気、場の状況で、話の内容を掴む口話が可能であり、対面での会話はほとんど問題ない。判断しづらいときは、パソコンや携帯で文字にしてもらっている。

集団での会話は苦手なので、文芸誌の印字、職場や役場の書類に関する仕事は何でも引き受ける人で、読み聞かせも低く温かい落ちついた声で、図書館でもお馴染みなので、彼に頼もうと思った。早速冬子さんに「議会だより」を吹きこんだテープを聞いて貰う。

「なかなかいい声だね。読み方も落ち着いていて聞きやすいけど、文章だけでなくてね、表紙に何月号とか写真とかあるでしょ。グラフとか統計とかも説明してほしいの。自分で見ているのと同じように」

「なるほど。文章は要約する方がいい?」

「ううん、人の興味はそれぞれだから、そのままがいい。取捨選択は個人がするから」

「なーるほど」

私は、冬子さんと話すようになって「なーるほど」が極端に多くなった。そして、私が見たこと、感じたことなどを、どう説明すると短時間に理解したり、喜んだり、共感してもらえるかを考えるようになった。

冬子さんが読みたいと言っていたエッセイ集を私がテープに入れた時も、

「いいんだけどね、あんまり感情を入れてその人になりきって読んでくれると、困っちゃうんだよね、本って字が書いてあるだけでしょ、読者は自分の感性で読み取るじゃない。その自由を奪わないでほしいんだよね」

と本音でアドバイスしてくれた。またまた「なーるほど」である。

私は、その通り春樹くんにも伝えた。

我が家の受験生は、二番目の志望校に合格した。これまでも、遊びに行く時はなるべく一緒に出かけたけれど、勉強その他は自分の人生、陰ながら心配はするが、本人任せできた私たち夫婦は、三月中に布団一組と衣類など彼の必需品を車に積み込んで、就職が決まった長男の賃貸マンションに送り込んだ。

夫は、元々自由にやらせてくれる人だったし、野外での観察や登山などで動くことや食べることには心配の必要がなかったので、私は長い主婦生活から解放され、冬子さんを通じて新しい生き甲斐をもらったようで、失敗して仲間に叱られたりしながら、結構他の障がい者のサービスも受け持つようになっていた。

冬子さんは、主張がはっきりしていて、考え方も共通することが多く、障がい者の理解や援助については師ともいうべき人だったが、一つだけ気になっていることがあった。どんな話にも乗ってくれるのに、これまで好きになった人は？　とか、もしかしてどこかに彼が？　とか、少し砕けた話をしようと水を向けても、乗らないどころか明らかに避けているのが分かる。

健康に恵まれ、元気で、ずっと仕事ができれば、当面はいい。でも、人は必ず年を取り、最後はみんな平等に死に至る。その前に事故で負傷したり、病気になるかもしれない。彼女は、すでにハンディを抱えているのに、サービスを利用するだけで、心の寂しさを乗り越えて行けるのだろうか。彼女の過去に何かあるのだろう。例の善意のお節介魂も手伝って気になっていた。

そんなある日曜日、わざとではなく、本当に偶然、プライベートで冬子さんと陶芸に行こうと約束していた日に、夫の兄夫婦が旅行の途中に寄りたいと言ってきた。

地元にも陶芸教室はあるのだが、冬子さんはウイークデイには参加できない。彼女は、帯広市内の、その日だけ予約できる講座に早くから参加していた。私も気に入れば、ボランティアで同行し、ガソリン代は折半、ご飯を彼女がおごるという約束だった。

私は、考えた末、春樹くんにメールを打った。冬子さんの人となりについては録音の件で春樹くんにも話してある。彼女の楽しみを奪いたくないので、何とか代役を頼めないか。ついては、私の都合が悪いと言えば彼女は確実にキャンセルでいいというので、当日直接訪問して、あなたに断られると、いろいろ世話になっている河埜さんに申し訳ないので、今日だけでも同行させて欲しいとか何とか、とにかく一日一緒に行って欲しいと頼み込んだ。予定があったかもしれないのに、快く彼は了承してくれたので、必要なことを箇条書きにして再びメールを送った。

①自己紹介（音声録音については、最後の切り札に取っておく）&私に頼まれてきたこと&その理由、②急なので介助については教えて欲しいと頼む、③陶芸では、彼女に気を付けながら、自分の作品も一生懸命作る、④用事の時の合図、⑤ガソリン代は、一キロ十円もらって、ご飯に誘われたら、私に言われているからと、同じくらいの値段の物をご馳走になる、⑥馴れ馴れしすぎず、爽やかかつ親切に、事故には充分気を付けて。

急にこんなことを頼まれても大変だよなあと思いながらも、多少の企みもあり決行した。

夫とともに良き義妹《いもうと》を努めて、日高回りで帰る義兄《あに》夫婦を見送ったのは四時過ぎだった。

春樹くんは、十時半出発、ご飯をどこかで食べて、二時間くらい陶芸教室にいたとして、帰りは遅くても五時くらいと踏んでいたが、一向に連絡がない。彼はもともとのんびり屋だが、同行できたかどうかも分からない。苛々して待っていたが、ついに「お詫び」という形で冬子さんにショートメールを打った。

――スミマセンでした。少し前義兄夫婦を送ったところです。今、どのあたりですか？

――

すぐにメールが返ってきた。

――まだ、帯広だよ。今、春樹くんとお茶してるとこ。そろそろ帰ります――

えっ、うまくいったんだ。

波乱を期待していた訳でもなかったが、複雑な心境で、それでもひとまず安心した。

七時過ぎに冬子さんから電話がかかってきて、お昼は食べるのに忙しかったし、陶芸をしているときはお互いに真剣だったし、面と向かわないと話が通じづらいので、いつも志帆ちゃんと一緒に行く喫茶店でお茶を飲みながら話してきた、ということだった。

「春樹くんと一緒で、大丈夫だった？」

「大丈夫だよ。知らない間柄でもないし」

「あ、やっぱり、切り札出した？」

「切り札って？　何のこと？」

「いやー、冬子さん、男嫌いだと思ったから、どうしても受け入れて貰えないときは、録音協力している者ですって言えば、少しは恩義を感じて協力してもらえるかと」

「なーに言ってるの。声聞いたら、すぐ分かったわよ。最初は誰かお客さん？　って思ったけど、あの声だもの、すぐピーンと来た」

言いながら、冬子さんは思い出したようにクスクス笑い出した。

「言い訳し始めたから『あなた、志帆さんに頼まれて録音してくれてる人でしょう』って言ったのよ。そしたら、『やっぱり分かりますよねー』って言うの。『どうしてそう思うの』って聞いたら『僕も永年障がい者やってますからね。視覚の人の耳が鋭いことはよく分かっています』って言うの。彼は、その奥の手を出さなくても私がすぐ分かるだろうって思ってたみたいよ」

冬子さんの声は明るかった。

「そしてね『僕の方が年下だと思いますが、冬子さんと呼んでもいいですか』って言うからいいって返事したのね。するとね『僕の名前は山川の山、上下の下、春夏の春、樹木の樹で山下春樹です。冬の次は春です』って真面目くさって言ったの」

私たちは「夏でも冬子です」を思いだして、大笑いした。

車に乗ると、春樹くんは、耳のことを話し、冬子さんのアドレスを登録、下書きに入れてあった①止まって欲しいときは腕に触ること、②伝えたいことは携帯で短めになど纏めて、最後に「お互い障がい者同士なので、助け合って行きましょう」というメールを送ってきたという。

「それでね、私は、『春樹くん』と呼ぶことにして、すっかり意気投合よ。耳のせいか無駄なことは言わないし、何より陶芸の作品が個性的なのよね。気に入ってもくれたみたいだから、月一の教室は一緒に行くことになったの。それにね、有償で運送するための何とかいう研修があるでしょう。それを取っているということも分かったの」

何か訳ありのようだから、今回をきっかけに二人が心を開いて助け合える友達に、できれば将来一緒に暮らすこともいいのでは、というのが私の「企み」だったのだが、いらないお節介だったようだった。後は二人の成り行きに任せればいいというもの。

随分あとに、私は、冬子さんが若い頃、しつこかった最初の男性を〝急所に鍼を刺すこともできるのよ〟と脅して遠ざけた話、危険信号の男性客には、隣近所に通じる警報機をセットしてある、と治療中吹聴しているのだという話を春樹くんから聞いた。

初めは冬子さんだけを想定していたけれど、障がい者でサービスを必要とする人は、視覚障がいの人だけではなかった。

高齢の聴覚障がい者からは、糖尿や怪我などの後天的な人は手話の方が覚えやすいのに、一時期、手話を禁止された期間があったと聞いた。事故などの後遺症による「高次脳機能障がい」の家族からは、援助対象者になるまでの大変な道のりが話された。自閉症の中でも、特別な能力を発揮するアスペルガー症候群や、高機能の障がいを持つ大人の人たちの大変さも少しずつ分かってきた。

学習や行動に障害を持つ子どもたち、肢体に問題がある人、うつ病などで外に出られない人、知るほどに経済的な問題も絡み、私が関わる人たちには、明るく楽しいパートのサービスおばさんでは済まなくなってきた。

春樹君が都合の悪い日を除き、冬子さんの休日のサービスは彼に任せ、少しずつ障がいを持つ人へのサービスを増やしていった。それは、事業所の希望でもあったが、生活が苦しい人、サービス自体を知らない人、全員が困難を背負っている家族などをもっと知りたいし、知らせてもあげたいと思ったからだった。

それは、これまでの私にとって初めてといってもいいような緊張感と、失敗を繰り返しながらもわくわくするような数カ月だった。

仕事が終わって、我が家に戻ると、いつのまにか、庭の残雪を押し上げ、クロッカスが黄色や紫の蕾を覗かせていた。

# Ⅲ 残影

# 日方の渡し

——一枚の写真から——

北海道のえりも岬から太平洋側に海岸を伝って東に二つ目の町を大樹町《たいきちょう》という。

よその街の友人に頼まれて、海岸に点在する「冬のトーチカ」の写真を撮りに行った。

帰り道、車をとめた駐車場の近くで、両腕を後ろに組んで高台からじっと海を見ていた小柄な八十代くらいの女性に声を掛けられた。

「あんた、どこから来たの。うち、近くだから温まって行きなさい」

冬の砂浜を点在するトーチカを、ずっと撮影しながら歩いてきた私がよほど寒そうに見えたのか、町内だという私に、近くならゆっくりして行きなさいと言う。

後について行くと、温かい部屋の中で砂糖をたっぷり入れたインスタントコーヒーと、かぶときゅうりの粕漬をご馳走になった。

家の中に、他に誰かがいる様子はなかった。

キルティングの上着の下に茶色のセーターがのぞいて、その上に更に綿入れの半纏を羽織っている。同色のキルティングのズボンに毛糸の靴下、その上に黒いカバーを重ねた厚着の人はナミさんという笑顔がかわいいおばあちゃんだった。

アイヌの血を引くというナミさんは、私のことをいろいろ訊ねた。

写真の話をしているうちに、奥の部屋から持ってきたセピア色の一枚の写真を見せてくれた。濃いグレーの台紙には縁飾りが付いて Photograph Artistic と飾り文字も入った立派な写真だった。

「これが、おらえのばばちゃん(祖母)だ。ハナという名前でな、きれいな人じゃった」

五、六人乗りの小船の上には、アイヌの親子が乗っていて、岸の馬上の紳士の手綱を取っている女性がハナさんだという。その紳士にもらった写真を代々大事にしてきたのだと穏やかな表情で話してくれた。

写真のハナさんは前わけの髪を肩まで伸ばしていた。厚手の黒っぽい袷を重ね着し麻縄のような帯をぐるぐる巻いているように見える。その上に足元まである長方形の黒い前掛けを締め、まっすぐカメラに向かっていた。

「今は町の真ん中の川を歴舟川《れきふねがわ》というだろ。昔は日方川《ひかたがわ》と言ったの。あの川は天気がよくても、山が雨だといきなり大水が来る暴れ川だったの。何人も人が死んだんだよ」

玉石だらけの岸に船着場らしいものもなく、川幅も今よりずっと広く見える。両岸にピンと張られた綱に輪を通し、手繰って船を渡すものらしい。

ナミおばさんの昔を懐かしむ穏やかな表情に比べて、ハナさんの表情からは、厳しいというより、深い悲しみのようなものが感じられた。写真の裏には、

明治四拾四年十月二十六日午后壱時
北海道十勝國広尾郡大樹市街
日方川ノ渡船場ニ於テ影写
渡船人　土人女　ハナ

と書かれてあった。

ショックを受けて、写真に見入っている私に、ナミさんは、時折目を閉じて、思い出すような表情で、ゆっくり話し始めた。

「ばばちゃんじゃけど、お話のように語るから、ハナと言おうな」

と独り言のように言って。

日方の渡し

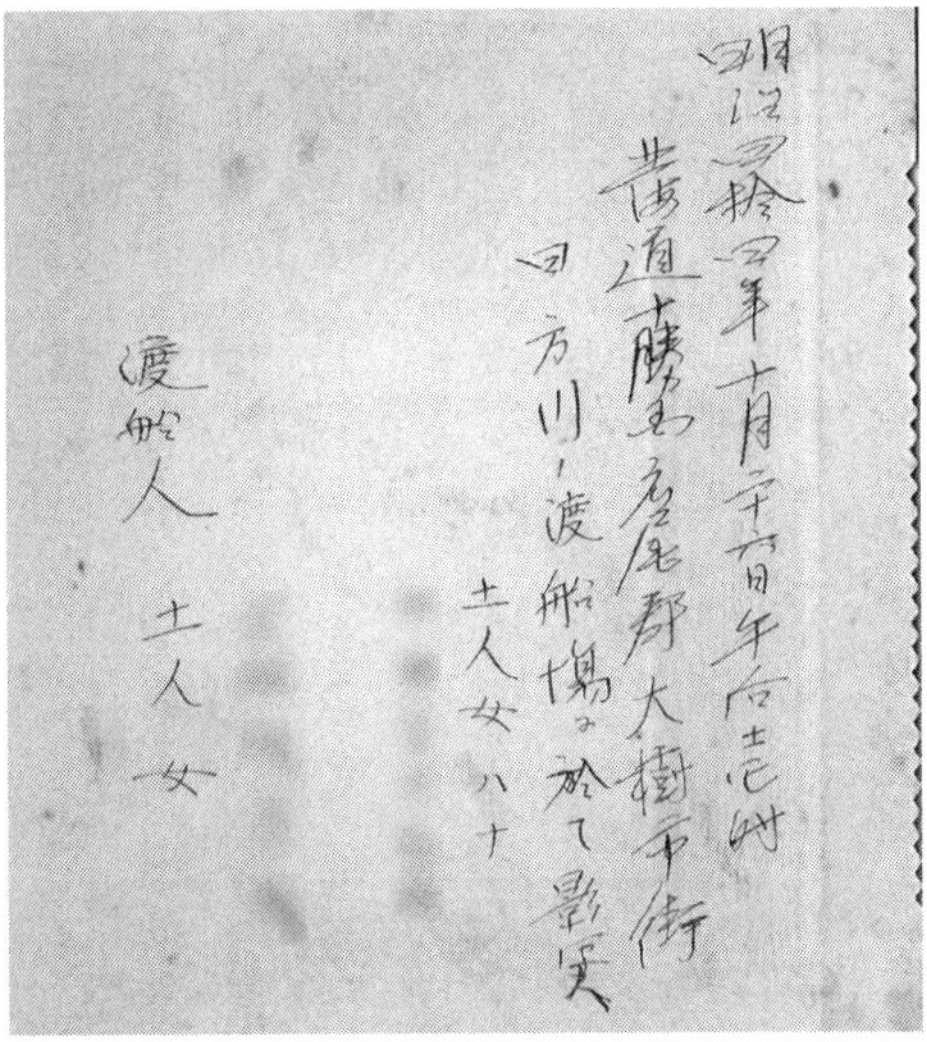
明治四拾四年十月二十六日午后壱時
北海道十勝国広尾郡大樹市街
日方川ノ渡船場ニ於テ影写
土人女八十
渡船人 土人女

## 大樹昔物語　日方の渡し

……和人が住み始めたころ……

ハナの小さいころ、今の大樹のあたりは三つの村に分かれていたの。元のタイキは大樹村、ヘロフ子は歴舟《れきふね》村、タウブイは忠類《ちゅうるい》や湧洞沼《ゆうどうぬま》の方まで当縁《とうべり》村と言っていたんだと。今の広尾は、茂寄《もよろ》村と言ったの。

和人が来る前、アイヌは飲み水のある場所で、川や海や山の幸を大切にして暮らしてきたの。生きていくのに必要なだけ戴いてな。季節が来て、食べ物がなくなったら、また別の場所を探してな、よくたけて、あるからといってみんな取ったりしなかったんだよ。男は海や山に狩に出て、女は山で食べられるものを探してさ。

内地から何人か固まって来るようになったり、外国からまで調べに来るようになったと思ったら、見かけない人がどんどん増えていったんだと。ハナのおとさんたちは苦労したと思うよ。

和人の役所は、勝手に土地の名を難しい字に変えたり、「アイヌの言葉で話してなんねえ」とか、「ここに住め」とか「作物を作れ」とか、後になったら「学校さ行け」とかな。ハナは「何より困ったのは、大切な食料だった秋あじ（鮭）や鹿をとることを禁止されたことだった」って、わしのおかさんによーく話していたんだと。雪が多くて鹿も魚も獲れんかったりすると、木の皮まで食ったそうだ。

オイカマナイってのは、今の生花《せいか》あたりだけどな、ハナの生まれる前に、何家族かで移住して来たえらい和人さんたちがいたそうだ。何とか勉三って言ったな。何家族かで小屋作ってよ、大っきな牧場に馬やら牛放してな、チーズを作る工場まで作ったんだと。ここの人たちとは仲良くしてたんだ。最初は芋やらソバもよーく獲れたそうだけど、冷害続きでな、飼ってた牛に食べさせるものもなくて、小屋つぶして葺いた屋根、牛に食わせたりした年もあったそうだども、牛がよーけ、餓死してな。おまけに一緒に働いていた人の家から火事出してよ、勉三さんの家も近間のかやぶきの家も倉庫も豚小屋も丸焼けになってしまったそうだ。肉牛飼ってた頃は函館まで運んだんだと。それでも、帯広でも開拓していたから、乳出す牛に替えてから、バターやミルク作ったりして、牛や馬、百何十頭もいるような大っきな牧場になっていたらしい。

その人たちは、この町でも帯広でも、困っているアイヌのために役所に掛け合ってくれたりもしたそうだ。明治時代に会社作ったりするような人たちだからな。

入ってくる和人は、土人のために「開拓してやる」というども、もともと暮らしてたアイヌにとっては、おっかない侵入者だ。

鹿の角を獲るのに、わざと野原に火を放って、大火事を起こしたりするし、道路やトンネル作るのは、囚人が多かったからな、殺された者もたくさんいるし、逃げたりすると、腹すかしているからな、おっかなかったそうだ。

そんな年、一冬一軒に八升の米くれたとか言ってたけど、そんなもんでは食っていかれない。冬にあるのは雪ばっかりだ。自由にどこさでも移動出来たころは、あったかいうちに、干したり漬けたりして蓄えても置けたけどな。たくさんのアイヌが餓死したんだと。

今なら権利だとか裁判だとか、いろいろできたろけどな。

それでも北海道のあっちゃこっちゃで、アイヌの土地のことやら、和人が持ちこんだ病気やら暮らしのことやらで、いろいろ騒ぎがあったそうだ。

昔はな、お侍の時代から日方川にも砂金掘りがいたそうだけど、アイボシマといってた浜大樹の砂浜でも砂金を採ってたらしいな。尾田の方には砂金掘りがようけ、来ていたらしい。砂金を天秤で秤って買ってくれるところがあったそうだ。

日方川の下流近くには、一時期マッチの軸を作る工場もあったんだと。そのうち牛や馬を飼う大っきな牧場もできてな、とっても賑やかだったらしいよ。

だども、馬の牧場が大っきくなるっちゅうことは、農家などで使われるよりは、戦争で使われるっちゅうことだった。日露戦争って知ってるか。人間の値打ちより、馬の方が大事だって言われたからな。

ハナの十四の歳、明治三十三年には、日方川に初めて本物の橋ができたんだと。広尾街道といってな、帯広まで道路ができることになって、つり橋みたいな木の橋だけどな、長さ九十六間とよく言ってたな。百間で百八十メートル《メートル》だから、当時としては、かなりでっかなものだったんだろね。

今の尾田から上札内に抜ける坂は、無願坂《むがんざか》といってな、曲がりくねって、昼間もカンテラ下げて通るほどの大木ばかりだったんだと。

今でも「日方風が吹いたら気をつけろ」って浜ではいうども、当時はどこもここも密林ばかりだったから、大雨のときはすごかったらしいよ。小っさい川のつり橋も、何度も流されて、そのたんびに架け替えていたんだと。

あらら、ばばちゃんのこと、語る気してたのに、回り道、長過ぎだな。

… トカンの死 …

ハナは、十六のときに、アイボシマにいた同じアイヌのトカンと一緒になって男の子を生んだ。頼まれて和人の秋あじ舟に乗り始めたトカンは、和人をまねて息子に岩太郎って名づけたんだと。

ハナの父さんは、日方川の下のほうにアイヌ保護地というもんができたときに、おがみ小屋こしらえて、和人に習いながら畑つくりをはじめた。

アイヌというと働かねえで酒ばかり食らってるように言う人もいるけど、そんな人ばかりでない。それまで人に使われたことなんてなかったし、自然のまんまに生きていたんだからしようがなかったんだ。ハナ達子どもを飢え死にさせないために、おとさんも必死だったと思うよ。当時は、浜で働く人が多かったらしいな。

和人の多くは、蝦夷で広い土地がもらえるとやってくる二、三男だったり、中には内地で暮らせない訳ありだったりするから、いい人ばっかりではなかった。アイヌはなんぼ和人にだまされたか。

夏場はハナもトカンと一緒に浜で魚外しをしたりするようになって、チッとだけどお金もらえるようになったから、おとさんの近くに小屋建ててな、トカンは浜まで通っていたんだと。

子煩悩だったトカンは、岩太郎を連れて木の実採りに行ったり、魚獲りに行ったり、ザラメって知ってるか、薄茶の砂糖の塊。和人に習ってほんの少しもらってきたのを大切にして、カルメ焼きを作ってやったりしてたんだと。

トウベリの番屋に詰めて秋あじ獲りをしていたトカンは、十月末のしばれのきつい夜明け、足滑らせて舟から叩き落ちて死んでしまった。

今なら大騒ぎで探すけどな、落ちた方が悪いみたく言われて、仏さんも上がらんかったらしい。この浜は荒れるときついからな。

…　鹿内さん　…

ハナには岩太郎もおるしな、いつまでも泣いてもおられん。母親に岩太郎を頼んで、毎日アイボシマに槲《かしわ》の皮はぎのしごとにでかけたんだと。幹は炭焼いたり、炭鉱で石炭掘るときの坑木としてどんどん売れたし、皮からはタンニンというものが採れて、内地で藍染とかするときに使ったらしい。いい色が出るんだと。

何でも函館のほうから大っきな船が来て、浜からは小舟で砂金やマッチの軸なんかと一緒に次々積み込んだそうだ。


内地から皮はぐ機械なんかが入ってきてな、その機械の使いかた、教えてけるのに、鹿内さんという技師さんがやってきたんだと。男も女も寒い時期はぼてぼての着物を何枚も重ね着していた頃に、技師さんは兵隊さんの着るような洋服だったんだと。クリスチャンとかで、ほかの和人と違ってアイヌにも分け隔てなく親切にしてくれたらしい。

「まだ若かったハナさんは、密かに憧れておったに違いない」

おらえのおかさんは、そこに来るといつも嬉しそうに力を入れて話したな。


ハナは、小さいときから手早い子で、よく働きもしたらしい。夏場こそいいけど、日が短くなると帰りが心細いもんで、岩太郎を仕事場に連れて行ったんだと。鹿内さんは、監督しながらちょろちょろ遊びまわっている岩太郎の面倒をよくみてくれたらしい。父ちゃんのいない岩太郎はすっかりなついて、帰りには「ちょっとだけ」と言っては、鹿内さんの手を離さず、一緒に途中までつれて帰るようになったんだと。

鹿内さんは、浜の秋あじの親方のうちに下宿してたそうだけど、毎日のように一緒に帰れば、遠くて近きは男女の仲というもんな。

子持ちといってもハナはまだ若いし、親もしっかりした人だったらしいから、こざっぱりしたもの着せていたし、それに恋をすると、人は綺麗になるからな。岩太郎が二人の取り持ち役になったってわけだ。


十月初めのある朝、ハナは鹿内さんから明日の出荷に間に合わせるために、夜なべで荷札つけの仕事を手伝ってほしいと言われたんだと。何となく鹿内さんの気持ちが通じていたハナは、

「ばばちゃんちで、何か食べさせてもらって、おとなしく寝てろ」

と明るいうちに岩太郎を先に帰したんだと。

鹿内さんは、荷札つけの仕事が終わった後、ハナを送りながら、予想通り
「岩太郎の本物の父親になりたい」

と言ってくれたんだと。

熱い思いでハナの小屋の近くまで帰ってきた二人は、途中で火の手に気がついて、大急ぎで戻ってみると、ハナの笹小屋が真っ赤に燃えていたんだと。

ハナを見つけたおとさんは
「岩太郎がいないんだ。カルメ焼こうとして火が燃え移ったらしい。ゴメン言うて飛びだしていったきり、どこにもいない。お前心当たりはないんか」

と殺気立って言ったと。

集まってきたコタンのみんなが「岩太郎」「岩太郎」と周りを探したと。鹿内さんも一緒に探してくれたが、あたりは真っ暗だしな、見つけ出すことはできんかったんだと。

おとさんの小屋で、一睡もできんかったハナは、あたりが白み始めると表に飛び出した。子どもの足でそんなに遠くに行ける筈はないが、熊や夜中の寒さが心配じゃった。

ハッと気がついて、ハナは川に向かって走り出した。いつか、岩太郎が木の実をたくさん拾ってきて、宝物のように隠していた日方川の深い淵の近くに大岩があったのを思い出したからな。駆けつけてみると、そこには滑った跡があって、草履が片方、ひっくり返って落ちていたと。

ハナは「岩太郎！」と叫ぶと、淵を回って逆巻く急流を眺めながら、座り込んで泣き崩れたの。この淵に落ちたら、助かることはないってことをよーく知っていたからな。

「鹿内さんに気を取られて、岩太郎を殺してしまった！」

そう自分を責め続けたハナは、それ以来、心配する鹿内さんにも会わず、家に篭もるようになってしまったんだと。

その淵は「岩太郎淵」と呼ばれてずっと残っておったそうだけど、今はどうなっているのかの。


…女渡船人ハナ…


ハナのおとさんは、篭もって泣いてばかりいる娘を心配しての、日方の渡船場の頭で芳村さんという和人の知り合いに、渡船人としてハナを使ってもらえないかと相談したの。芳村さんは、開拓で入ってきたとき、おとさんの小屋に最初に厄介になった人で、事情を聞くと快く承諾してくれた。

ハナは、人前に出ることを嫌がったども、昔は親の言うことは絶対だったからな。つらい表情はすぐには変わらんかったけど、岸と岸を結んだロープをたどりながら、毎日客を運んだんだと。
その頃は、大樹の街中に橋は掛かっていたけど、暴れ川は、すーぐ流してしまったからな、渡し舟は、やっぱり大切なもんだったんだよ。カムイコタンのあたりと、今の市街の上《かみ》辺りと、下《しも》の方と三カ所に渡しがあってな、役所から補助金つうもんもあったらしいよ。
人は、一回三銭か四銭、分かるか、一円は十銭だぞ。馬専用の渡しもあったそうだ。ハナの渡し舟は、アイヌ舟ではなくて、ちゃんとした舟大工が作ったものであったらしい。船着場といっても何かがあるわけでもなく、玉石だらけの川べりで乗り降りしていたそうな。とにかくあの日高の山から十何里しかないのに森中《もりじゅう》から雨が押し寄せて来るんだから、どうしようもないわな。

…碑…

鹿内さんは、激しく拒むハナの気持ちがわかればわかるほど、このままにはできないと思ったんだな。岩太郎淵のそばに墓石代わりに大きな碑を立てた。そこには、毎日のようにハナが来て、野の花を摘んで立てかけてあるのを知っていたからな。ハナとは会わない時間を見計らっては、お参りに来ていたんだと。内地から帰ったときなど、岩太郎の好みそうなおもちゃを買ってきて供えることもあった。

「鹿内さんが、ここに来ている」

そのことが、ハナの心を少しずつ和らげていったようで、表情もやさしく変わっていったんだと。

そのうち、鹿内さんは、客として舟に乗るようになった。何も言わんでな。客を断るわけにはいかんから、ハナもきっとドキドキしながら、舟を操っていたんだと思うよ。そうやって無言の行き来が何日も続いたそうだ。やさしい人だったんだろね、鹿内さんって人は。

ある日、ハナが岩太郎淵で野の花を摘んでいると、鹿内さんが現れた。後は想像できるだろう、あんたにも。

鹿内さんも小さいときに両親を亡くしていたそうで、偏見のない自由なものの考え方ができる人だったから、そんなハナの心を救うことができたんだろうね。

初め、ハナの両親は結婚に反対したと。和人と一緒になっても幸せにはなれないってな。だども、根気よく通ってくる鹿内さんの誠実でやさしい人柄を認めて、許してくれたんだと。

その頃から、大樹はどんどん発展したからな。技術を持ってた鹿内さんは、そのまま大樹の町で勤めることになったんだと。

ハナさんは当時としては幸せな人だったんだろね。

…　人の道　…

「土人女」っていうのがショックだってか。アイヌはずっとそう呼ばれてきたの。先の大戦後、といっても通じないか、昭和二十年の八月、戦争が終わった後もそう呼ばれていたんだよ。土人向けの公営住宅っていうのも日方川の橋を渡った高台にあったくらいだからな。

差別はなかったかって。そりゃあ、あったよ。ばばちゃんの頃は勿論、私らの頃だってアイヌの子どもは辛い目にもたくさんあった。好きな人ができても、アイヌというだけであきらめねばならなかった人も大勢いたよ。

でも、自分のことでは、あんまり苦にしなかったな。毛深いの、濃いーいのっていう奴はいたども、身体のつくりについては、こりゃあ、どうしようもないからな。どこの国にだって、背の高いのや、でぶってるのや、鼻の穴のおっきいのや、髪の毛の薄いのや、そんなものいくらでもあるだろ。言ってもわからない奴には言わせておく。

でも、子どもたちが、泣いて帰ってきたときは、辛かったね。泣き止むのを待って、ちゃんと正座させてな、しっかり目を見て、こう言って聞かせたの。

「誰にでも辛いことはある。辛いことを乗り越えて人は強くなるんだ。誰もいないようでも、神様はどこにでもいてな、ちゃんと見てるんだ。いじめる奴のことも、我慢してるお前とこもしっかり見てるからな。おかさんもばばちゃんも、そのまたばばちゃんもずっとそうしてきたんだからな」って。

えっ、私かい、私も幸せだったよ。

とうさんは、人前でベラベラしゃべる人ではなかったけど、大事なところではちゃんと意見の言える人でさ。加工場で働く私たちの言いたいこと、よく頼んだもんさ。

何で、結婚したって。

漁に出るとな、みんなで心を一つにしないと、秋あじみたいな大物を網上げするのは容易ではないの。トカンじいさまのように足滑らせたり、機械に巻き込まれて大怪我したりするの。

今はもう歌わなくなったけど、みんなで働きながら歌う網上げの歌があるの。家の父さん、いい声でな。網上げるときも、魚下ろすときも、まず父さんが一節《ひとふし》歌うの。すると、みんなが声を揃えてな、力いっぱい網を上げるのさ。みんなの呼吸《いき》がぴたっと合うと、身震いするほど感動するもんだよ。その声にまず惚れたかな。

最後には漁協の理事にも推薦されて、誰もアイヌとかどうとか言う人はなかったからね。

病気に気がついてやれなくて、申し訳なかったども、ちゃんと最期まで面倒見て送ったから、思い残すことはないね。

まあ、そういうわけで、もう日方川に渡しはなくなったども、女船頭のハナさんがいておかさんが生まれて、私もまた生まれて、子どもたちが育って、その子たちにまた孫が生まれて、ずーっと世の中は続いていくというわけさ。

あんたもいい人見つけて、しっかりやりな。

おしまい

# 私の人生——正子さんの場合

――小春日和の午後は眠い。窓際の席で、看護師の陽子も眠気と戦っている。

デイサービスの帰りに渡す個人のノートに、今日の状況を記入していたときだった。胸にドスンと響くような異様なものを感じて、私は隣室を覗いてみた。昼寝をしている筈の利用者八人の中に、正子さんがいない。急いでトイレに行き、ノックしてから、小声で

「正子さん、入ってる？　あけていい？」

声を掛けたが、返事がない。そっと、引き戸を開けようとしたが、戸がずっしりと重かった。無理に開けたとたん、床の上に転がっている、血の付いた入れ歯が目に飛び込んできた。

正子さんは、便器との間に横向きに倒れ、周りに血が飛び散っていた。

急いで、ズボンを引き上げてあげながら

「バイタル！」

と、飛んできた看護師の陽子に小声で指示する。

「正子さん、正子さん！」

と声を潜めて頬を叩く。まだ意識は戻らない。下あごに歯の跡がついて、血が流れ、唇の端にも血が溜っている。

陽子と一緒に倒れたままの体勢を保ちながらトイレから移動させ、陽子は血圧を測り始めた。あとからかけつけたパートの康子は傷の手当てを始めた。私は、血圧の結果によっては、救急車を、と考えながら声を掛け続けた。

康子がタオルで頬の血を拭き始めたところで、正子さんはやっと目を開けた。

「血圧百五の六十、プルス九十!正子さん、大丈夫?」

と、陽子。

事業所では初めてだったが、これまでも貧血で何度か倒れたことがあると、契約時のモニタリングで分かっている。

「救急車でなくて、大丈夫?」

私は、陽子に確認したつもりだったが、

「救急車なんてとんでもない。ときどきやるんです。大丈夫ですから」

と、正子さんが弱々しかったが、はっきり答えた。康子が下顎のガーゼを張り終え、あたりに飛び散った血を拭いている。

　みんなが起き出してこないうちにと
「陽子さん、二階にSOSかけて運転頼んで。病院に一緒について行って。厚めのタオルケットで、横にしたまま運ぼう、いい？　倒れたのは、午後一時五分くらいだと思う。正子さんのファイル持って行って。病院には電話しておくから」

　手編みのベージュのカーディガンに黒のズボンをはいた正子さんを、康子と二人でタオルケットに移乗する。小柄な正子さんは、白髪をショートカットにしていて、子どものように小さかった。恐縮する正子さんに
「貧血だと思うけど、あごに傷があるし、打撲も調べてほしいから、病院に行きますね。陽子さんがお供しますから」と伝えた。

　二階の訪問部門から男性介護士の潤が、昼寝の利用者に気遣いながら足音を忍ばせて降りてくると、直ぐに車を回してきた。

「陽子さん、利用者さんを送り届けたら、交代するから、それまでついててね。家族には連絡するけど、遠いから直ぐには来られないと思うから」

　正子さんは、タオルケットで包まれたまま後部座席に乗せられ、潤の運転する事業所の車で、陽子に付き添われ、近くの病院に運ばれていった。

この事業所は、小さな民家を買い取って、高齢者や障害者のためのデイサービスや訪問介護、そのための計画を立てるケアマネージメントなど、いわゆる在宅サービスを行っている。私がデイサービスの相談員として働くようになって三年半ほど過ぎていた。春からは、今まで代表が兼ねていた管理業務も兼務するようになっていた。

身体機能が低下していようと、認知症だろうと、ここに来ている間は、元気に笑って、歌って、身体を動かして、ああ楽しかったと言って帰って貰えるようにと思っている。

正子さんは、旧い木造住宅で独り暮らしをしている。目の不自由な正子さんが、このサービスを利用し始めたのは、二カ月くらい前からだった。

陽子と交代して、病棟担当の看護師に様子を聞く。正子さんは、骨は大丈夫だったそうで、外傷の手当をして貰い、交通事故の人に使うような首用のコルセットをつけてベッドで仰向けに寝ていた。傷の手当と電気治療で十日間の入院治療という計画だった。

「ごめんね、もっと早く気が付いてあげれば、こんな怪我をしなくて済んだのに」

細くて小さい、正子さんの手を撫でながらそう言うと、

「すみません、かえってご迷惑をかけてしまって。いつかも、買い物していた店の中で気を失ってしまったことがあったんですよ。子どもの頃、あんまり滋養のあるものを食べな

かったから、鳥目にもなってしまってね」

正子さんは、上を向いたまま、顎だけを上下に動かしていた。

五時近くなって駆けつけた長男夫婦は、電話でお願いした通り、母親の家により、入院に必要なものを揃えて来てくれた。

私が、事業所内での不手際を詫びると、

「いやあ、倒れたところがお宅の事業所内で良かったですよ。一人で倒れていて、誰にも気づかれなかったら、もしかして、あの世行きだったかも、な、かあさん」

ざっくばらんな物言いで、これまでも何度かこんなことがあったと話してくれた。

医師に逢う前に、大まかな経過と治療計画を話し、入院費用などは、事業所で掛けている保険で対応することを説明した。また、事業所としては、毎日誰かが訪問し、状況を家族に報告することを伝え、その日は失礼することにした。

初めての事故らしい事故だったし、控えめな人なので、病棟の看護師にも遠慮してしまうのでは、と思ったからだった。

私が、正子さんの手記をまとめることになったのは、この事故とその後の病室通いが契機となった。長い夜を一人で過ごすのは淋しいだろうと、送迎が終わると、陽子に後始末を頼んで病院に向かった。

二日目に、実はご主人との付き合いの方が長いのだと話すと、顔がパッと明るくなった。ご主人の弘雄さんは、元気な頃、リヤカーを引いて必ず我が家に寄ってくれた。お酒全般が大好きな夫の酒瓶や缶、子どもたちの雑誌や新聞など廃品回収に来たご主人を「おじさん」と呼んで話すうちに、外庭のテーブルで休んでもらったり、おじさんと家族のことなど話すようになって、町の話題などを良く教えて貰ったのだった。

「そうですか。主人は、口下手だったけど優しい人でした。急いで逝ってしまったけどね」

正子さんは、天井を向いたまま、ポツポツと話し始めた。

子どもの頃の辛かった話、学校に行けなかったので、読み書きは苦手であること、この街に来てご主人と一緒になったこと、子どもたちのことなど断片的だったが、私はほとんど聞き役だった。

三日目に見舞ったとき、まだ個室にいた正子さんから、

「相川さんにお願いがあります。息子が、もう一人暮らしは無理だから、退院したら、帯広の家で一緒に住もう、というのです。子どもたちは勤めていますし、私もいつまではっきり覚えていられるかわかりません。私は目がほとんど見えなくなってしまったので、私

が書きたかったことをまとめていただけないでしょうか」

と頼まれたのである。書きかけたものがあるからと、鍵を渡され、留守宅にメモノートを取りに行った。ひらがながほとんどのそのノートを見て、これはまとめてあげなければと思った。

こげ茶色のA4のノートの最初のページには、

正直の頭に神宿る
失言は放ちたる矢の如し

と格言のようなものがあり、三年も前から、書き始めていたのである。

鉛筆書きで、ところどころ漢字もあるが、少し訛りのある発音通りの表記で、何度も、同じ書き出しのページがあったり、全く別の切り口で書き始めていたり。でも、まとめておきたい、誰かに読んでほしいという意思が強く感じられたのだった。私は、正子さんになりかわったつもりで書かなければ、とノートを抱えて病院へ戻った。

# 私の人生

木元正子

## (一) 小さかった頃

私は大正十四年、樺太のロシア側の野田という所で生まれたそうです。

鰊や鮭、鱒など魚がたくさん獲れました。

日露戦争の後、ロシアとの境界が北緯五〇度と決められて、南半分が日本の領土になってから、魚や木材が目的で本土からの企業もどんどん増えて、石炭も含めて働く人もたくさん渡ってきました。

稚内から連絡船が来るようになってからは渡って来た人たちが一時泊まるところを造ったりしていましたからね。本州から北海道へ来た人たちが、噂を聞いてそのまま樺太に、ということも多かったようです。

ただ、冬は寒くてね、海が凍ってしまうので、北海道からの船が入る亜庭湾では船は一キロ以上も離れたところに泊まるので、お客は船まで歩いて行ったそうですし、荷物は馬が運んだということです。私は見たことがありませんが、トナカイが鰊カスの荷を運んでいた時代もあったとききました。

海に囲まれているので、夏口はガスの時期が長いのですが、フレップなどにはよかったのでしょうね。フレップのお酒を造る工場もあったんですよ。

初めは祖父母が野田の市街で小さな酒屋を営んでいて、中井進という私の新しい父になった人が仕事の帰りによく寄っていたようです。そして、店番をしている祖母の傍で遊んでいた私を見て、

「めんこいなあ。うちの子になるか」

と、遊んでくれているうちに、たくさん兄弟がいるのだから、と祖母に本気で私を貰いたいと頼んだらしいのです。

その頃、私の本当の両親は祖母の知り合いの漁場で働いていて、祖母がすべての実権を握っているのは分かりました。祖母は、中井の父を気に入っていて、実子としてならという話になったらしいです。

五歳だった私は、遊んでいる時祖母に「中井のおじちゃん好きか」と聞かれて「うん」と答えたそうですが、自分ではよく覚えていません。

「新しいお父さん、お母さんの云うことをよく聞いて、わがままを言わずに、何があって

も我慢して良い子でいるんだよ」

と祖母からこんこんと言いきかせられて、とび職の父のもとに実子としてもらわれてきました。今なら五歳になってから実子だなんて考えられないでしょうね。その頃は結構あったんです。

新しい父は優しくて、いい人でした。仕事の時は、両襟に名前の入った黒い法被を着て、脚絆に地下足袋、鳥打ち帽子を被って出掛けます。

町に出かけるときは、マントに帽子、いつも金縁の眼鏡をかけて、煙草を咥え、ステッキをついてかっこよかったです。父は、野田の駅近くで、よくビスケットやチョコレートを買ってきてくれたりしました。

父と外出する時、私の身なりだけ見ると、青いフェルトのベレーを被って、あつらえた洋服を着せて貰って、昭和の初めごろでしたから、どこかのお嬢さんのように見えたたと思います。でも、幸せだったかと聞かれるとそうではありませんでした。

新しい母は、いつも丸まげを結って、長いことお化粧をして、派手好きな人でした。父がいるときは、いいお母さんなのですが、私が父に可愛がられるのが嫌だったのでしょうか。

父がいないときは、辛いことが多かったです。ふだんは、水汲みをしたり、鍋を洗ったり、母に言いつけられた仕事は一生懸命しましたが、父がでかけると、ちょっとしたことで怒り出し、目がつり上がって、虐められるので、いつもびくびくして、母の顔色ばかり見ていました。

父に何か言いたいことがあっても、後が怖いので、我慢しました。ご飯もたくさん食べると、

「仕事も満足にできねえくせに、ご飯ばかり食べてからに」

と母に折檻されるので、ほんの少しだけ茶椀によそってササーと食べて、二人がまだ起きているうちに布団に入って寝るようにしました。

お腹が空いても、叱られても、泣くことしかできませんでした。本当にお腹が空いて我慢できないときは、洗った鍋の底についているご飯を掬って食べたり、灰の中に捨てた果物の皮を洗って食べたこともあります。

あるとき、何が原因か分かりませんが、父が仕事に出掛けたあと、いきなりビンタが飛んできました。私は、気ちがいのようになってしまう母を何度も見ているので、はだしのまま飛び出しました。母が追いかけてくると思って、夢中で逃げました。土間から飛び降りたとき、躓いて、唇をひどく噛んでしまったのです。今も跡が残っているでしょ。捕

まったら、髪をつかんで引きずり回されるので、靴だけ持って逃げました。

秋の冷たい風が吹いていて寒かったです。家の近くの山に上る道を必死で走りました。

私の行くところは何処にもなく、どうしたらよいかと子どもながらに考えました。父がいるときは、母も怒らないので、父が帰る頃に戻ればいいと思いました。

大きな木の切り株によじ上って、遠くの山や川や、小さく見える人家を見ていました。咬んだ口の傷は腫れて痛みました。中にたまった血をときどき吐きながら、どうして本当の家から出されたのだろうと考えました。私が何か悪いことをしたのだろうか、お兄ちゃんたちはどうしているだろう、考えていると、涙がボロボロ出てきました。

なぜ、父がいないと、こんな仕打ちをされるのか、いくら考えても分かりません。そのことを考えると、また涙があふれてきて、しゃくりあげて泣きました。

泣きすぎて、ぼんやりしていると、ニャンと猫の声がしました。私は、これは山猫が出たな、と思って一目散に山道を駆けおりました。いつまでも後ろを追って来るので、見ると首に板の切れっ端をつけていました。

それは私が大事にしていた猫でした。トラちゃんという名前を付けて可愛がっていたのに、お国の兵隊さんのために飼っていた兎のこっこをおもちゃにして遊んでいるところを母に見つかって、山に捨てられてしまったのです。

「トラちゃん、よく元気で生きていたね。無事でよかったね」

私は、夢中で猫を抱きしめました。トラは、喉をゴロゴロ鳴らして、私の身体に寄り添い、私の顔を舐め始めました。私は胸がいっぱいになりました。抱いて頬ずりをすると、私の痛む口の傷を何回も何回も舐めてくれました。

会えて嬉しかったけど、猫の舌は軽石でこすられたように痛いのです。

「トラちゃん、山へ捨てられてくやしかったでしょ」

私が言葉で話しかけても、ニャンとしか言えませんが、私には猫の気持がよく分かります。

「トラちゃん、うちに帰りましょ。私と一緒に山に来ると、ネズミがいるから食べ物はいっぱいあるよね」

というと、またニャンと鳴きます。

山に行く時は、お父さんが飼っている軍用犬の太郎も必ずついてきました。うさぎの餌やりが遅いと言って母が私を殴ろうとしたとき、太郎が歯向かって行きました。

私を庇おうとしたので腹が立ったのと、大きな犬だから怖かったのもあったのでしょうか。そばにあったざっぱ薪をつかんで思いっきり叩いたのです。太郎は頭から血を流して逃げました。それから、母のそばには近寄らなくなりました。

太郎やトラといるのはいいのですが、食べ物を碌に食べていないので、お腹が空いてたまりません。でも、家に帰ってもまた折檻されるので、晩まで山にいるより仕方がありませんでした。

山から帰ると、父は帰っていました。叱られると思って、黙って下を向いて座りました。父は、膨れ上がった私の口を見て、

「どうした?」

と、聞きました。

私は、小さな声で

「躓いて転びました」

と答えました。

「早く座って、ご飯を食べなさい」

と、優しく言ってくれたけど、母が黙って睨んでいたので、おそるおそるお膳に座りました。お腹がものすごく空いていたので、お替りしたかったけど、明日また厳しく折檻されると思って、痛いのを我慢して、いつものようにサササッと済ませると、自分の茶碗を自分で洗って、ストーブの傍に座っていました。

「遅くまで遊んでいてはいけないよ」

お酒を飲んでいた父に言われて、私はハイと答え、厳しい母の眼から逃れるように寝床に行きました。布団の中でまた涙がこぼれました。早く大きくなりたいと思いました。

祖母の家は酒の他に日用品も置くようになって、真岡の大きな店を買って引っ越して行きました。引っ越してからも、祖母はときどき私が幸せに暮らしているか見に来ました。両親とは別に袂に飴やお菓子をたくさん入れてきて、私にくれました。

父が一緒なので、母もその日だけは笑顔で話していました。私も、飴を貰って幸せそうにしていました。決して辛いことを訴えてはいけないと思っていました。貰いっ子は、どんなことがあっても我慢しなければならないと、思いこんでしまっていたのです。

でも、その結果、折檻が恐ろしくて、山にばかり行って、学校には一度も行っていませんでした。父の建てた家は市街から離れていましたし、みんなが必ず学校へ行ける時代でもなかったので、父も特別気に止めてはいませんでした。自分の名前くらいは、覚えましたが、社会に出てから少しくらいの勉強をしても追いつきません。字が読めたら、本を読むことができると思ったのですが、今でも難しい漢字は読んだり書いたりできません。それだけは今でも残念でなりません。

父は、優しかったけど、夜しか家にいませんし、どこかに長い間泊まって仕事をすることも多かったので、私と母とのことには気が付いていなかったようです。父は仕事が増えて羽振りもよくなり、子どもがいること、子どもに可愛い服を着せて一緒に連れて歩くこと、物を買って与えること自体が憧れだったのかもしれません。

山の入口に在る隣の武内さんのおじさんとおばさんは優しい人でした。うちの昼間の様子をきっと見ていたのだと思います。おばさんは、お腹が空いてふらふらしながら山から下りてくると、呼び止めてご飯を食べさせてくれたり、山へ行く時、おにぎりを作って、うちのお母さんが見ていないのを確かめながら割烹着の下からこっそり渡してくれたりしました。

おじさんには命を助けられたことがあります。

雪が降り始めた寒い冬の日でした。

また、怒鳴られたりつねられたりして、家を飛び出して、山に逃げたけど、お腹が空いていて、歩く元気もないほどでした。もう、何もしたくない、頑張れないと思いました。このまま山の奥にずーっと歩いていってそのまま倒れていたら、その上に雪がどんどん積もって死ねるかな、と思ったのです。ふらふらしながらいつもよりずっと奥の方まで歩いて行きました。そうしたら、ちょうどそこへ、薪を拾いに行っていたおじさんが、戻ってきたのと出会ったのです。

「マーちゃん、何処へ行く気だ。しばれて死んでしまうぞ。馬鹿なことをするもんでない」

といって、薪と一緒に背負子《しょいこ》に乗せて連れ帰ってくれました。

この時ばかりは、おじさんも、

「こんな小さな子が辛い目に遭っているのが分からんのか」

と父のことを怒っていました。私が
「お父さんには言わないで」

と頼むものですから、

「全くのんきな親父だな」

と何回も言っていました。

おばさんが、あったかいお風呂に入れてくれて、澱粉がきを作ってくれました。その時の美味しさは、今も忘れることができません。

でも、お返しするものは何もありません。暖かくなったらキトピロや蕨を葉っぱに包んで持っていったり、フレップやお花を摘んできて、障子をあけてそっと置いたりすることくらいしかできませんでした。

貰われていった頃は辛いことが多かったのですが、一度だけ、父が、私のために本気で母を叱りつけたことがありました。

十歳頃だったでしょうか。何が逆鱗に触れたのか、さんざん叩いたり怒鳴ったりしたあと、母に裏の木原に抛り出されたことがありました。

物もしゃべれないほど、ぶたれて、チカチカする藪の中に捨てられたのです。その頃、うちには父の下で働く人が出入りしていました。きっと、その中の一人が一部始終父に話したのだと思います。

急に帰ってきた父は、母を外に呼び出して、

「この子をどうする気だ。殺す気か」

と私の前で、ステッキを振り上げて折檻しました。

私は、父がやっと、私の苦しみを解ってくれたと思うと同時に、母の仕返しが怖かったのですが、それ以後、折檻は、前ほどではなくなりました。そのかわり、母はほとんど口をきいてくれなくなりました。

――私は、切れ切れに書いてあるノートの文字を拾いながら、夕方は病院の四人部屋に移った正子さんの話を聞きに行った。そして、囲んだカーテンの中で聞き取った正子さんの物語を話し言葉のようにパソコンに打ち込んでいった。

一番多い書きかけが、唇を切るほどぶたれ、追いかけられた五歳の時の記憶だった。なるべく、正子さんが思い出したことを正確に、ばらばらな記憶を繫げて、と見舞いというよりも、毎日物語の取材のために通い出した。

私が病院に行くと、書いてほしいと思うことを思い出し、整理して話そうと、待っているのがよく分かった。

打ちこみながら、知らなかったことをパソコンで調べてみる。

正子さんが生まれた当時の野田という地名は、いま「チェーホフ」と呼ばれていることが分かった。

チェーホフは、ロシアにとっては流刑地だったサハリンで、監獄や軍立病院、隔離病棟等を回って一万人を越える患者を診たという。同時にサハリンの住民を三カ月にわたって調査し「サハリン島」というドキュメンタリーを発表したこと、当時の樺太の農村では子供は四割しか生きることが出来なかったことなどを知った。

自らの結核とも付き合いながら「文学は愛人、正妻は医学」と言いつつ、四十代で亡くなったのに、今も世界中に読者や演劇ファンを持つチェーホフは、正子さんの生まれた町とどんな関係があるのだろう、など新たな興味や国同士の勝手なやり方に憤りも感じながらの作業だった。

明治初期に北海道江別に強制移住させられた「樺太移住旧土人先祖の墓」というのが、そのまま北海道に残った同族の人の手によって市の対雁《ついしかり》という墓地に在ることも分かった。いつかきっと行ってみようとメモしたりもした。

故郷樺太でも北海道でも、日本人としての義務は問われながら、居住地は隔離され、日本側のスパイとして北樺太に送られた人たちもいるという。

日本人はもとより、韓国や中国からの移民や、現地にいた少数民族や流民などの多かったこの島で、国が変わる度に翻弄された人たち、犠牲になった人の多さを島民だった正子さんのお手伝いをすることで深く知ることができた。

そしてここにも例の格言。

信用は無の資本なり

一事を怠る者は万事を怠る

## ㈡　働き始めて

　母がヒステリーのようになるのはその後も続きました。無言で眼だけが異様に輝きます。でも、体罰はなくなりました。私も十二歳になって栄養は不足していましたが、少しずつ大きくなって、父の折檻以来、前のように母に虐められることは少なくなりました。それでも早く大きくなって、働いて自分でご飯を食べられるようになりたいと、いつも思っていました。

　そうこうしているうちに、

「まーちゃん、飯場のごはん炊き手伝う気あるか。賄いの婆さんが年を取ってきて手伝いが欲しいと言っとる。その気があるんなら、おとっつぁんに話してやるぞ」

　と武内のおじさんが言うのです。私は飛びつくように返事しました。

「行きたいです。私でも出来ますか」

　家にずっといなくてもいい上に、賃金なしの見習いということで、お金はもらえないけれど、作ったものは山子さんと一緒に食べていいというのが条件でした。

　家では後片付けが多く、あまり作ることは教えて貰えませんでしたが、おばさんの手伝いをしていて、ご飯やおかずの作り方を覚えました。

「いいいか、でかいおにぎりを作る時は、そんな小っこい手ではボロボロこぼれてしまうし、手のひら大やけどだ。まずお櫃にこれっくらいの塩を振ってな、下からこうやってご飯に混ぜ込むんだ。出来たらどんぶりに入れてこうやってポンポンポンと回すの。ホラ、丸くなったべ。そしたらこうやって握るの。最初はばあちゃんみてやっから、出来たら、この甕に笹の葉、塩漬けしてあっからな。これを重ねて包め」

太っているおばさんは、男のような言葉で話す人だったけど、私にもわかるように教えてくれました。夏場、農家の手伝いや土木工事をしていた人たちが、冬はこのおにぎりと、沢庵ぐらいで一抱えもある木を切り倒すのだと思うと、握る手にも力が入りました。漬け物のつけ方や、残りごはんで、甘酒を作ることも教えて貰いました。何よりお腹いっぱい食べられるようになったことが、本当に嬉しかったです。

初めは、坂を上って水を汲んでくるのが大変でした。力がないので、おばさんの半分くらいしか持てません。仕事のことを聞かれてその話をした時、父は

「そうか」

といっただけだったのに、次の日、すぐに自分の小方を使って、川水を引いてくれたのです。チビの私には何よりうれしいことでした。

後始末は家でいつもやらされていましたから、一生懸命働きました。やっと、自分で働いてご飯が食べられるようになったのです。

「ばあさん、子分が出来て、良かったな」

「あー、座ってられる時間が増えて、煙草もゆっくり吸えるようになったー楽ちん、楽ちん」

ひと月もすると、おばさんに聞かなくてもほとんどの仕事の段取りが出来るようになったし、働くおじさんたちとも冗談が言えるようになりました。

飯場のおじさんたちから、母が元芸者で、父に身請けされてきたという話を初めて聞きました。そして、母は子どもを産むことのできない人だということも知りました。母も私と同じくらいしか、文字の読み書きはできません。その話を聞いた時、母も大変だったんだろうと、少しは怒りが和らぐように思いました。

春になって、飯場の仕事が休みになるのを聞いて、営林署の署長さんから、また武内のおじさんを通じて、ごはん炊きを頼まれました。奥さんが両親の世話で実家に帰るので、息子二人のお弁当と食事の世話をしてほしいということでした。

半年ほど働きましたが、女中なのに、娘のように優しくしてもらって、夢のような日々でした。

その家の隣に軍隊の偉い人がいて、いつもその人は着物姿でした。運転手が毎日迎えに来るような家でしたが、そこの女中さんは、昔の私のようでした。いつも暗い顔をして、お腹をすかしていました。私は、武内のおばさんを想い出して、こっそりおにぎりをあげたりしました。あの頃の自分のことを思い出すと、じっとしてはいられない気持ちだったのです。

昭和二十年、ロシア兵が攻めてくるといううわさで樺太が騒然とし始めた終戦前のことでした。私は、その頃、病院の炊事の仕事をしていました。

ある日、上司から、お客さんが来ていると言われて会議室に行きました。

着物姿のその人は、入っていった割烹着姿の私をじっと見ていました。十六年も会っていないのに、生みの母だと直感しました。祖母と一緒に来たことのある敷香《しすか》のいとこも一緒に来ていました。

その頃生みの父は、炭坑の事務所で守衛をしているということでした。

母は、開口一番、

「ロシアが攻めてきたらどうなるかわからないから、攻めてくる前に一家で北海道に行くことにしたの。お前のことが心配で迎えに来たんだよ。今日は来れないけどお父さんも兄さんたちもお前に会いたいと言っている。もう一人前になったのだから、お前の意志で決められるだろ。一緒に北海道に行こう」

と言いました。

「今、父さん出稼ぎに行ってます。父さんに黙って行くわけにはいきません」

と断ると、母は、泣きながら、

「無事に樺太から出られるかどうかも分からない。もしかすると、これが正子に会える最後かと思うと、今までずっと放っておいて、お前に黙ったまま死ぬわけにはいかないと思ったの。母さんが相談を受けていたら、よそのうちにやったりはしなかった」

母は、知らなかったとはいえ、済まなかったと言って、養子に出したことを詫びて帰りました。今も水色の日傘を差した母の後姿を想い出すことができます。

私はなぜか本当の母に会ったことを父に言えずにいました。子どもの頃の祖母の一言が心に浸みついていたのだと思います。

そのことを人づてに聞いた父に、

「そんな大事なことをどうして直ぐ言わなかったんだ」

と初めて叱られました。

もし、あの時、生みの母が迎えに来たことを話したら、父は、きっと一緒に日本に行けと言ったのだと思います。

母たちと別れて数日後、

「ソ連が参戦した。攻めてくるかもしれん。荷物を整理していつでも逃げられる用意をしておけ」

仕事から戻った父が、役所関係の人から聞いたと言って、リュックに自分の身の回りのものを詰め始めました。病院は、ご飯の仕度をしないわけにはいかないと思って、私も詰めたリュックを背負い、手提げを持って病院に行きましたが、まだ逃げるということがどういうことかよく分かりませんでした。病院の中でもそこここでひそひそ心配顔の噂が飛び交います。

八月十二日の夕方だったと思います。十三日から女、子ども、老人や病人が先に北海道に疎開すると知らされました。私は何故か、慌てたって仕方がないという覚悟が決まったと言うんですかね、ひたすら仕事をしていました。

ところが、「大泊が危ない」「疎開船の一便には、一般の人にはよく伝わっていなかったか軍人や官僚とその関係者だけで定員割れだったらしい」「二便は、満員で乗れない人が出た。終戦になっても、ソ連は、止めるどころか、攻めて来るらしい」「みんな、汽車やトラックでどんどん逃げている」「真岡がロスケに占領された。大変なことになっているらしい」

戦争は終わったと聞いたのに、毎日のように話が変わって行きました。

後で聞いたのですが、たくさんの人が爆撃で殺され、銃で撃たれ、女性はひどいことをされたりしたと聞きました。

郵便局で交換手をしていた人たちが青酸カリを飲んだり、炭坑病院の看護婦が何人も自殺を図ったとか、敷香の方は鉄道がないので、歩いて逃げる途中、老人や子供たちは力尽きたり、親に捨てられた子どもの傍にミルク瓶が一緒に在ったとか、道端で酷い死に方をした人がたくさんいたのだと聞きました。

やっと戦闘が終わっても、移動を禁止されましたから、帰ることができなくなってしまいました。

私は、幸い、市街地からは離れた病院の賄いでしたから、大変な時期、病院に泊り込んでいましたし、ロシア語の分かる院長の力もあってあまり怖い目にもあわずに済みました。私が外で働くようになってから、ずっと給料を前金で横取りして指輪などを買ったりしていた母は、終戦前にさっさと苫前に引き揚げると言って昔の仲間の人たちと漁船を頼んで戻ったはずです。さすがに、あの母の消息を尋ねる気にはなりません。

私は、昭和二十三年の十一月三日、一人で真岡から函館に行く引き揚げ船で戻りました。と言っても、向こうで生まれたので、本当は戻ったのではなくて、追いだされたのですが。

函館に、樺太や千島からの引揚援護局というのが出来て、長い船旅から陸地に上がった時、おにぎりとわかめ汁が振る舞われました。美味しかったです。忘れられません。

武内さんでの澱粉かきを想い出しました。おばさんたちがどうなったのか、引き揚げ後も知らない土地でただ生きて行くことしか考えられませんでしたから、消息は分かっていません。元気で戻って来たと信じているのですが。

今も仏壇に二人の名前を書いて、拝んでいます。

樺太には、古くから住んでいた人が多かったので、日本に親戚などがいない人も多かったようです。その後、生きるのに精いっぱいで、読み書きも得手ではありませんでしたし、育ての父以外がどこでどう暮らしていたのか、探してみることもなく、今に至っています。父は、仕事で懇意にしてくれていたあちらの人の口利きで向こうに残っていましたが、大工としての仕事に自信が無くなった五十五歳になって、北海道に渡ってきました。

父の方から探してくれて、最後はこの町の役場と故郷の役場が連絡を取りあってくれて老人ホームで亡くなりました。

お陰さまで、車を持つようになった息子に何度か連れて行ってもらって、最後もホームのお世話で、娘として見送ることが出来ました。

――――行事などがあって、数日病院へ行けないでいたが、息子さんから、来週の木曜日、退院後真っ直ぐ帯広に連れて帰ることにしたと連絡があった。

正子さんの現在の家は、入院後の生活には適していなかった。旧い木造で、玄関は昔ながらの南京錠が掛かっていて、中も段差だらけだったし、通路からの道もぬかるむときのために板が渡してあり、目の不自由な正子さんが踏み外して転倒するおそれもあった。

デイサービスの仲間だった人たちにお別れが言いたいと言っているので、退院してその足で、お邪魔したいということだった。

その後の生みの親のことなど詳しく聞きたいと思ったが、そのゆとりは無くなってしまった。

私は、その日までに手記を完成させなければと、作業を急いだ。

目についた格言。

戦わざる者勝利はなし
天は自ら助くるものを助く

## (三) 家族とともに

その後、援護局のお世話で、浦河の畑農家で西瓜やあじうりなどの農家仕事を手伝いました。

畑の仕事は、慣れない仕事で大変でしたが、十分に食べることが出来、西瓜やあじうりも、奥さんが畑で鎌で切っておやつにしてくれたりで、お母さんとびくびくして暮らしていたことを考えると、ずっと幸せでした。

そのうち、近所の農家の人が、十勝の親戚を頼って、新しく酪農を始めることになり、この街に引っ越して行きました。その人の仲立ちで、二十七歳の時、ちょうどいい人がいるからと、この町に呼ばれて、見合いをし、結婚することになりました。

夫の家族は父親と後妻の母親、五人の兄弟で町から三十キロも入った奥地で農業をしていました。

日高とは違って、生活は苦しく、仕事も大変でしたが、身寄りのない私は、自分では一生懸命働いたつもりでした。でも、働き手としては暗くなるとよく見えなくなる上に、力もあまりありません。

男の子が二人生まれたところで、私の目が悪く、働きが悪いと言って、子どもたちを置いて出て行けと、後妻の母親に追い出されてしまったのです。夫が長期の出稼ぎに出て留守の時でした。

生活に困って、仲立ちをしてくれた方に相談すると、

「あのばあさん、言いだしたら聞かんしなあ」

といって職安に連れて行ってくれました。職安では、温泉の茶碗洗いの仕事を紹介してくれました。

面接のために温泉に入ったところで、

「木元さん、まーちゃんでないの」

声を掛けてくれたのは、樺太でお世話になった営林署の署長さんでした。

「俺はこちらに転勤ということで上士幌にいるけど、まーちゃんどうした?」

署長さんは、再会をとても喜んでくれて、暫くは思い出話やお互いの引き揚げ後の話をしました。そして、事情を話すと、

「あんたの働きぶりはよく知っている。営林署の山働きの飯場の方が条件はいいから、こっちは断りな。丁度山仕事が増えてごはん炊きの人を増やそうと思ってたから、これから一緒に行こう」

と言ってくれたのです。

私達のような暮らしでは考えられないことでしたが、営林署の飯場では、秋田の真白いお米を食べていて、びっくりしました。

私は、これまで覚えた料理を作り、お櫃や鍋をピカピカに磨き、残りごはんで甘酒を作って、一生懸命働きました。署長さんは、直ぐに、常勤にしてくれました。近くに知っている人がいることほど力強いことはありません。

でも夜になると、子どもたちのことを思い出しました。

あの継母のもとで、子どもたちはどうしているのだろう、夫は親の言いなりになっているのかと悲しく、腹も立ちました。私も本当の親許から離れて辛い思いをしたのに、何でまた子どもたちまでが、と思うと情けなくて声をこらえて泣きました。

でも泣いていいても仕方がない、仕事があるだけ幸せだと思って、ここで働こうと決心がついたところに、夫が次男をおぶり、長男を連れて、迎えに来たのです。夫に抱かれて眠っている息子を抱きかかえてまた泣きました。背中では、ねんねこの中に埋まって、べコベコの顔をした次男が眠っていました。

「親元を出て、土木工事で働くから戻ってくれ、頼む。その準備があったからすぐには来られなかった、子どもには母親が必要だ。仕事も住むところも探した。子どもたちと家族だけで暮らそう」

口下手な夫が、何度も、済まなかった、一緒に帰ろうと頭を下げて頼むのです。

話を聞いた署長さんは、私も含めて、家族みんなを泊めてくれた上、夫も一緒にここで馬使いでもして働けば、とまで言ってくれました。

でも、もう仕事もお願いし、家も決めてあると聞いたので、この飯場では二十日働いただけで、夫と一緒にこの街に戻りました。

その時、署長さんの計らいだと思いますが、たくさんのお金を戴きました。一生懸命働けば、誰かがちゃんと見ていてくれると思ってありがたかったです。

戦後の農家はどこも生活が大変でしたが、当時はまだ仕事がありました。夫が元気で、道路工事の仕事などで働き、賃金で暮らせるようになりました。親子四人で暮らせるようになって、本当に嬉しかったです。誰に遠慮することもなく、家族に滋養のつく物を作って一緒に食べるようになったら、私も目の見え方が良くなったように思いました。

喜んだのもつかの間、いいことは長くは続かず、夫が怪我をしてみんなと同じ土木の仕事ができなくなってしまいました。

子どもたちのためにどうしようかと思っていたとき、同じ町内に半島の人がいて、引揚者ということで親切にしてくれました。最初、カマスを背負って雑品買いをしていたら、リヤカーを貸してくれ、そのうちそのリヤカーを譲ってくれることになりました。私も後から生まれた三男を背負ったり、冬は橇に箱を作って乗せて歩いたりして手伝いました。

子どもたちにはつらい思いをさせたくないと思って、農家の人からカマスで芋を分けて貰ったり、一斗缶で駄菓子を買ったりして、友達にも遊びに来て貰えるようにしました。自分がひもじい思いをしたので、せめて子どもたちには、貧しくても食べる物には不自由させたくないと思いましたから。

いつも仲のいい友達が来ていて、少し大きくなったら、遊びに来たよその息子さんが「おばさん、晩御飯作ったよ。もう食べれるよ」と、一緒に食べて行ってくれたり、好きに遊んでいたので、手裏剣で的当てをしてボロボロになった障子をみんなで張り替えたりしていました。

子どもたちが、卑屈にならないで、友達と仲良くしているのが一番嬉しかったです。

九十を間近にして自分の人生を辿ってみると、その時はいろいろ辛いことがあっても、今が幸せだと辛いことは薄まるものですね。

小さい時は、訳も分からず折檻する継母を恨みました。人の生活を羨んだり、何で自分だけがこんな苦しい目に合わなければならないのかと、死にたくなったのも一度や二度ではありませんでした。でも、よそ様のご飯を食べることで、自分のことを考え直すことが出来ました。

結局、私は逃げていたんですね。意気地がなかったんです。父に話すなり、祖母に訴えるなり、言いつけるのではなく、相談すれば解決方法はあったのだと思います。自分を大切にしていなかったんですね。

ただ、自分に厳しく、正直に一生懸命頑張っていれば、いつかどこかでその分返って来るものだとは思えるようになりました。

私の場合は人の優しさを知り、子どもたちが元気に育ってくれて、武内さんや署長さんやあなたのようにどこかで見ていて応援してくれる人がいる。自分が辛いからと言って、人さまに八つ当たりをしてはいけない、その時は辛くても、どこかで道が開けるよって、もし誰かが悩んでいたら言ってあげられます。

先に北海道へ帰った母たちを探す余裕はありませんでしたが、昔感じていた恐怖や恨みはもう、消えました。

人さまには迷惑をかけないように、細々ですが一生懸命生きてきました。

夫は六年前、お世話になったみなさんにお返しをして亡くなりました。子どもたちも元気で、孫やひ孫も授かりました。町のみなさんにもお世話になって、息子家族が一緒に住んでくれるということは、これに過ぎる幸せはありません。

私の人生は、山も谷もありましたが、今が一番幸せです。

この世を発って行くまでは、何事も自分の心がけ次第と思います。

昔勉強しなかった分、天眼鏡を使いながら文字を一つでも多く覚えて、曾孫に本を読んであげたり、手紙が書けるようにこれからでも頑張りたいと思います。

「楽は苦の種苦は楽の種、笑う門には福来る」

昔の人は良いことを言っていますね。

――正子さんは、退院の日、十一時頃、長男夫婦につれられて、デイサービスを訪れた。長男夫婦は、家の片づけがあるから、お昼過ぎに迎えに来ると言って、正子さんの家に戻って行った。

正子さんは、一人一人にお礼を言って、また遊びに来るからと笑顔で挨拶し、最後の食事を楽しそうに、時おりふっと淋しそうな表情も見せながら食べ終えると、

「最後に、思い出の『満州娘』を歌います。二番を一緒に歌ってください」

と、言って歌い出した。

正子さんが最初にこの歌を歌いたいと言ったとき、知っているのは代表ひとりだった。八十代、九十代でも、聞いたことがあるというくらいだったが、ネットで調べて、歌詞を印刷し、正子さんに教えて貰って、今はみんなの愛唱歌になっている。

今では二十代の介護員も含めてみんなが歌えるようになっていた。正子さんは、細いけれどしっかりした声で歌い始めた。

わたしゃ十六　満州娘　春よ三月　雪解けに
インチュンホワが　咲いたなら　お嫁に行きます　となり村
ワンさん　待ってて頂戴ね

ドラや太鼓に　送られながら　花のマーチョに　揺られてく
恥ずかしいやら　嬉しいやら　お嫁に行く日の事ばかり

## ワンさん　待ってて頂戴ね

お別れに私は、その場で正子さんの了解を得て、一冊にまとめた「私の人生」をところどころ詰まりながらも最後まで読み上げた。

正子さんは勿論、利用者もスタッフも、少し前に迎えに来た長男夫婦も、みんな涙を拭きながら聞いてくれた。

「苦労したね」「私たちもがんばるよ」「長生きするんだよ」と、代わる代わる声を掛け合っている。

最後に、プリントした「私の人生」と、私が内緒で用意していた「ひなたぼっこ」の卒業証書を、スタッフが手作りしてくれた二年間のアルバムとともに、小学校の卒業式のように読み上げ、手渡した。緊張して、片方ずつ両手で受け取った正子さんは、

「初めての卒業証書です。ありがとうございました」

深々と頭を下げた。ポトッと落ちた涙が、絨緞に吸い取られていった。笑顔で息子さんに手をとられた正子さんは、みんなが再び歌い出した「満州娘」に送られて、新しい街へと旅立っていった。

正子さんの後にはすぐに待っていた人が入り、しばらくは「どうしているだろうね」と話題に上ったりしたが、「新しいデイサービスに元気で通っているって」と近況を伝えるうち、名前も出なくなっていた。

※

二月ほどたったある日曜日の昼近く、自宅の電話が鳴った。

「相川千佳子さんのお宅ですか？」

聞き慣れた正子さんの声だった。

「正子さん？　元気でした？　何かあったの？」

つい利用者だった頃と同じようにせっかちに聞いてしまった。

「ハイ、ありましたのです。その節は、本当にお世話になりました」

正子さんの話しぶりはかなり弾んでいた。

「卒業証書と一緒に戴いた『私の人生』の話を長男が他の息子たちにしたものですから、息子たちも読んでくれましてね、私の本当の母親たちがどうなったのか、長い間かかって調べてくれました。そうしたら、昨日消息が分かったんです」

明るい声は、最後の方でもっと元気に飛び跳ねていた。

「昭和二十年の八月の避難船をインタラネットとかで探して行ったら、留萌沖で昭和二十年八月二十二日に『避難船三船遭難事故』というのがみつかって、稚内、留萌の役場で調べて貰った結果、大砲のついた『第二新興丸』という船に乗っていて、終戦前に会いに来た母親は留萌港で助かっていたというのです」

息を切らしながら、一気に話し始めた。

「どらどら、替るか」

電話を替った三男の話はこうだった。

樺太からの引き揚げ船「小笠原丸」「泰東丸」「第二新興丸」三船の乗客のうち稚内で降りた人たちは無事だった。が、降り先が小樽に近い人たちは、汽車も混むだろうし、少しでも近くにと、乗員の勧めを断って留萌から増毛沖のなるべく陸地に近いところを、と進んでいたときに雷撃（魚雷の発射攻撃）を受けた。二隻は沈没、大砲を摘んでいたこの船だけが留萌港に着岸したとのことだった。

正式には標識もなく正体不明だったが、攻撃艦は多くの人や書物がスターリンのソ連潜水艦だとしている。

船腹には、横十二メートル、高さ五メートルという大穴があいていたということだった。しかもそれだけでは済まず、浮上して銃撃もされたが、傾きながら留萌港に辿り着いたのが朝の九時頃という。

波止場に並べられた遺体は、誰彼の見分けがつかないくらい損傷がひどく、爆風で吹飛ばされた肉片などが機械やマストにこびりついていたという。この船の乗客三千四百名のうち死者二百二十九名、不明者合わせて四百名近くの命が失われ、三隻の乗客五千八十二人のうち千七百八名が帰らぬ人となったということだった。

正子さんの母親と孫の一人はその被害から免れ、オホーツクの親戚を頼って農業を手伝い、後から帰った下の兄や孫家族と七十八歳まで元気で暮らしていたことが分かった。

そこまで話したところで再び電話に出た正子さんは、

「テレビを見ていると、いまもあの頃と同じように、恐ろしい想いをしている人が世界中にたくさんいるでしょう。この国でもなんだか恐ろしいことが起きそうで心配ですね。でも、母には会えませんでしたけど、死ぬまでこの北海道で、元気でいたことが分かっただけで、とても心が落ち着きました。兄二人は真岡に引っ張られて行きましたから、諦めていましたが、爆撃で亡くなったと聞きました。平和なら、ずっと生まれたところで普通に家族と暮らせたのに」

と少し声が曇った。

「でも、母や兄たちのお墓参りと、一番下の兄と会えるかもしれないのです。息子が連れて行ってくれると約束してくれたので。あなたのおかげで、七十年ぶりにね。会えたらまた報告の電話をします。ありがとうございました」

電話の正子さんの声はまた一段と輝いて、とても九十に近い人とは思えなかった。

私も心のどこかに残っていた本当のお母さんたちはどうしたのかという疑問が解けてすっきりした気分だった。

受話器を置きながら二階から庭を覗くと、餌台をするする登って行ったエゾリスが大きな松の実を抱え込んで、もぐもぐ頰を膨らませ始めたところだった。

完

《一部聞き書き》

注　樺太…サハリン　鳥目…夜盲症　山子…山で木の伐採などをする人

キトピロ…行者にんにく　ロスケ…ロシア人のこと。戦中戦後、外地にいた日本人が蔑む（親愛の気持で呼ぶ人もいたが）意味でそう呼んだ

半島…朝鮮半島。半島人はロスケと同じく蔑みを込めた言い方

インチュンホワ…迎春花　フレップ…コケモモ　マーチョ…馬車
野田…チェーホフ　真岡…ポルムスク　敷香…ポロナイスク
大泊…コルサコフ　豊原…ユジノサハリンスク　亜庭湾…アニワ湾

参考「新　詳説　日本史」（山川出版）
「北海道の歴史」（山川出版）
「国境の植民地・樺太」（塙選書）
「秘蔵写真が語る戦争」（朝日新聞社）
留萌ファンクラブホームページ
ウィキペディア

# 鳩時計

もしかすると、また雨が降り出すかもしれない。

ゲリラ的な豪雨のために、広島をはじめ、あちこちで死亡を含む災害が多発している。

佳奈は、いつものリュックにサドルカバーとカッパを詰め込み、自転車のフロント籠に放り込むと、ウインドブレーカーを腰に巻いて走り出した。

九月も十日を過ぎると、歩道のナナカマドの実はオレンジがかって、道路の両側を占領しているセイタカアワダチソウも黒ずんできている。朝夕は冷える日も多くなったが、今日は空も空気も澄みきったサイクリング日和。

道立図書館というくらいだから、遅くても十時には開くだろうと調べもせずに出掛けたのだった。

高校はこの夏休み明けから行っていない。両親は、何とか学校に行かせたかったようだったが、意志が固いとみて諦めてくれた。というより実力行使に負けてしまったという方が当たっている。

近くの大型スーパー内でアルバイトを始めて二カ月近くになる。地下の居酒屋で、荷物の受け渡しや品物の下処理、食器洗いや注文品の品出しなど裏方で、時間は夕方六時から十時、時給は最低賃金の七百三十四円。

ベテランパートの吉岡さんは、十月頃から少し上がるというが、新米の佳奈たちがどうなるかは分からない。

休み明けに学校に行かないと決めた日、スマートフォンを母親の携帯と交換、家族や特定の友達以外とは、事前に断って交流をやめてしまった。

夜中まで、メールや電話の相手をするのに疲れてしまったのと、それをしなければと、お互いに気を使う不自由さから解放されると思ったのだった。それで、気持ちがすっきりしたかというと、どこかに違和感は残っているが気にしないようにしている。

バイトは、やることが決まっていて、職場は若い店長をはじめ、勤めている人も客も比較的若い人が多かったし、仕事さえ一生懸命やれば、大事にされた。夕方から四時間が通常勤務だが、誰かの穴埋めの時は日勤が加わることもしばしばだ。

親が気を使っているのは充分わかっている。しかし、理数系の科目は頑張れば取り返せるという範囲をとっくに超えていた。今の生活に不自由はなかったし、何よりこれまでと比べるとよく眠れて心も平和な感じがする。


佳奈が生まれたのは十勝の帯広市だった。母と訪れた太平洋岸に面する祖父の家は、海岸から五キロほど離れた酪農家で、畑でミミズやカエルをつまんだり、芋ほりをしたり、牛の餌やりや釣りに連れて行って貰ったりと、遊んでくれるのが上手だったのか、外遊びは祖母よりも祖父と一緒にやることが多かった。

八十五になったその祖父から、手紙入りの現金封筒が届いたのは三日ほど前だった。

祖父の手紙には、転んで足を挫いてしまったので外出を控えているとあって「佳奈は道立図書館に近い所に住んでいるのだから、じいちゃんに代わって『大津村の米軍演習場接収事件』ということについて調べて貰えないか」と書かれていた。

最近亡くなった祖父の兄の遺品の中から本に挟まったメモが出て来て、その頃青年だった祖父たちは、集まると「そんな演習場なんか来たら、若い男はみんなアメリカに連れて行かれて、向こうで奴隷のように働かせられるんじゃないのか」と話していたという。

大津は青年時代祖父が住んでいた村で、その前後に町村合併が進んで、今は大津村というのはなくなったと書かれていた。

「とりあえずこれだけ送るから、勉強に響かない程度に調べてくれ。軍資金が足りなくなったら送るぞ」

少し震えた字で「じじより」と書いてあった。現金封筒の中には、二万円も入っていてビックリしてしまった。


その日のバイトは、いつもの時間なので、とにかく行ってみようと、少し厚手のレギンスにボーダーのTシャツ、髪はカラーゴムで束ねて、そのまま、バイトに行ける体勢で出掛けてきた。

国道から右折すると、図書館への道はプラタナスの並木が続き、途中国道の下を横切る道路が交差していた。左側にはタイルをはめ込んだコンクリートの土止めがされていて、一段高い所で、案内板にあったミッション系の高校生の屋外学習らしい声が響いている。

右手に、かなり年季の入った感じの図書館が現われた。入り口でおじさん風の人が二人タイルの補修をしている。自転車置き場にとめ、サドルカバーをかけ、鍵をかけた。

何段か上った入り口は、左手に十五、六人座れる談話室があって、企画展が行われている。一段下って正面が児童図書コーナーらしい。右手の階段を上ると、中段に道内の企画展、北方資料室があり、もう一段上がってやっと普通の図書館スペースになった。

接収の意味は調べてきた。

広辞苑には「権力機関がその必要上、強制的に人民の所有物を収受すること」と書いてあった。

昭和の時代、二十七、八年というから、歴史関係のところから調べようと思った。この図書館は一度も来たことがないので、図書館の紹介画面で、三五とあった書架の標示を探して右手の奥に辿り着いた。

確か戦争が終わったのが一九四五年、それが昭和二十年だから、戦後とか、アメリカとかの題名がついている本を探した。

「太平洋戦争書誌」とか「太平洋戦争図書目録」とかをめくってみたが、目次みたいなものばかりだった。「地方史文献」の北海道というところを開くと「十勝大津川研究」という項目があった。これこれっと喜んで、横のテーブルに座って開いてみたが、探しているような内容はなかった。背表紙にGHQという文字を見つけて、今度こそと思ったら、全文英語で中身を見る気にもなれない。

ふと見ると、壁際にパソコンが何台かあって、中学生くらいの男の子が一人、ネットで何かを見ている。この子も学校へ行けない子かな、と一瞬思った。

何冊目かを探しているうちに、何となく窓側の方から、見られている感じがした。しばらくは我慢したが、気になって立ち上がりながら、確かめようとした。男性とは分かったが、窓からの光がまぶしくて、確認はできなかった。その男性が立ち上がったので、慌ててページを見ているふりをしようとしたが、つかつかと寄ってきた人を見上げて驚いた。

「えっ、お兄ちゃん？」

江別に転校した中学二年まで一緒だった本田紫穂の兄、燎《りょう》だった。佳奈も紫穂と一緒にずっとお兄ちゃんと呼んでいた。

「美人になっちゃったから、最初は分からなかったぞ。すくすく伸びちゃったな」

と言いながら燎は懐かしそうに見下ろすと、

「学校休みか」

と聞いた。

「ううん、お兄ちゃんこそなんでこんな所にいるの？」

「ちょっと調べものに。佳奈はさっきから何あれこれ物色してるの。よく来るのか？」

「ううん、今日が初めて。何がどこにあるのかよく分からないから、……ずっと見てたの」

「とりあえずここではまずいから、ちょっと外に出るか。何を調べるのか知らないけど、相談に乗らないこともないぞ」

　燎は少し伸び気味の前髪を昔と同じように左右に振ると、大きめの黒いリュックを背負って、さっさと歩きだした。

　佳奈も慌ててリュックをぶら下げると、ブルーのTシャツと白い綿パンで大股に歩く燎の後を追った。


　喫茶店にでも連れて行ってくれるのかと思ったら、真っ直ぐ向かったのは、前庭のベンチだった。青空に向かって思いっきり伸びている一本のポプラの大木が際立っている。その手前に松の並木が二列になっていて、ベンチはその間にあった。木蔭からの日差しが心地良い。

「夏休み、紫穂帰って来て会いたがっていたのに、遊びに来なかったな」

「うん、紫穂はお嬢様学校だし、私は……」

「何、あいつは全然変わってないぞ。勉強なんてどこでも同じだ。何かあったのか」

「私ね、今、学校行ってないの」

「はっ、不登校か？」

「うん、そんなもん、夏休みの前からバイト始めたら、何で学校へ行くのか、意味が分からなくなって」

「やめちゃうのか?」

「母さんは、将来のこと考えたら、高校だけは卒業しなさいって言うけど、父さんは、私の話聞いたら、勉強はいつでもできるから、どうしてもというなら、その後のことを決めてからもう一度相談しろって。出席日数とかあるから、そのまま続けるなら早い方がいいし、通信制とかでも、四月入学がほとんどだから、時間は損するぞって言われた。でも、もう決めてるの」

「何で、行きたくなくなった?」

「うーん、転校した近くの高校は行きたくなくて、少し遠くの高校にしたの。入学祝に、スマホねだって買って貰ったんだけど、夜中までメールとか来るでしょ。付き合い悪い人のこと無視したりするから、付き合ってたら、寝るのが遅くなるでしょ。嫌いな科目は、眠くなってだんだん分かんなくなってくるし、分かんないまま、眠気と闘って机に座ってるのって、すごく疲れる。それでも一年の時はまあ頑張ってたんだけど、二年になって夏休み前からバイト始めたら、別に嫌いな科目勉強しなくても、何の不自由もないし」

「へえ、確か中学の時は紫穂より成績良かったんじゃなかったのか。それでも行きたくなくなったりするんだ」

佳奈は懐かしさもあって、お兄ちゃんと呼んで遊んでもらっていた頃と同じように、自然に話すことができた。

学校では勉強が分からなくなっている以外特にいじめられたりはしていないこと、むしろ相談されたりする方が多い分、遅くまで電話が来ること、両親にも取り分けて不満を持っているわけではなく、ただ、時間を無駄に過ごしているのが働いてみて勿体ないと思えて来たことなどを話した。

母親からは最終結論が出るまで、朝はきちんと起きて、家族の朝食の後片付けをしてから、自分なりのスケジュールをこなすこと、自分のことは電話代も含めてバイト代で清算すること、同じ方向の吉岡さんがいない夜は連絡すること、九月末までしっかり考えて父親と話し合うことなど厳しくいい渡されていることを話した。

「それで学校サボって、何で図書館なんて来てるの」

「畑で遊んでもらった田舎のじいちゃんから、お小遣い付きで頼まれたことがあるから、バイトの合間に調べてあげようと思って」

燎は、しばらく腕を組んだまま考え込んでいる風だったが、立ち上がりながら言った。

「まっ、それもいいか。決めるのは、佳奈と家族の問題だからな。紫穂は函館に行っていないし、しばらくまた佳奈の兄ちゃん、やってやるか」

燎は、佳奈を中二階の北方資料室に連れて行くと、ワードのローマ字入力はＯＫか、と聞いてカウンターに話し、インターネットを立ち上げた。

燎に言われた通り「北海道大津村　米軍演習場接収事件　昭和二八年―二九年」と入れて検索すると、いくつかの項目を選んで開かせた。

「ここで十勝発祥の地となっているのに、今の十勝一市十六町二村の中に大津村はない。ざっと見た中では、豊頃町大津というのがあるから、豊頃の町史を見てみるのがよさそうだな。短い文章とか大切な所だけコピーするのはいいけど、みんなやると、白黒一枚十円、カラーだと五十円だからよく考えてやった方がいい」

「軍資金貰ったから結構裕福なんだけど」

「無駄遣いはするな。じいちゃんの年金だって減ってきて大変なんだぞ。テスト勉強と同じで、自分でまとめて、じいちゃんにも分かるように少しずつ報告したらどうだ？　じいちゃんの所はファックスあるのか？」

「うん、あるよ。農協から自動的に入ってくるって聞いた」

「今日は、そこらを調べたらどうだ。分からないことは、あすこにいる係の人に聞いたら、奥の方から関係ありそうな資料も出してくれる。さっき佳奈の探してた所は、ここにある資料やほかの図書館から借りられる資料なんかの目録とか目次なんかだと思う」

「そっか。変だと思った」

「ここは五冊まで二週間借りられるから、カード作って貰って、自分で読んでみたいと思う本を借りるといいぞ」

「うん、ありがとう。頼りになるね、お兄ちゃん」

「じいちゃんへの報告は、後で俺にも見せて。一緒にその後の対策を考えよう」

「北方資料室」は、事務所と背中合わせに北海道の資料や各市町村の町史など分厚い資料が一杯だった。真ん中に机と椅子があり、学生風の女性と、学者風の白髪頭の男の人が、何冊も横に本を積み上げて何か書いていた。

コピーの仕方や質問用紙の書き方などを教えた燎は、豊頃町史を渡して、佳奈の携帯を登録すると、講義があるからと帰って行った。

《じいちゃんへ》
足の具合はどう。
グッドニュースだよ。
道立図書館って、資料が何でも出てくる所だね。豊頃町史という中に、ちゃんと「米軍演習場接収問題起る」というのがあったの。おまけにね、町村合併のことが次のページにバッチリ出てたんだよ。分かったことをファックスで送るからね。

全部コピーしてもいいけど、お金がかかるし、じいちゃんが読むのは疲れちゃうから、佳奈がまとめてあげる。

大津村は昭和三十年の四月から三つに分かれて浦幌、豊頃、大樹に合併したから、十勝で一番古い村なのに、町の名前としてはなくなっちゃったんだね。調べたら太平洋に面して東西五十四km、南北九kmでその頃人口は五千人位、漁業と農業が中心で、もっと前は、海岸から帯広の方に行くのは船で行く方が早かったみたい。

この合併のことは、五枚くらいなので、じいちゃんの軍資金でコピーしたから、後で鼻メガネかけて読んでね。(文中✪印は佳奈の感想でーす)

以下、高校二年下川佳奈の報告第一報をご覧ください。

♥佳奈の演習地問題レポート♥ No.1

▽大津に米軍演習場接収問題起る

—豊頃町史より—

一、事の起こり——昭和二十七(一九五二)年五月頃、大津村の水島村長は、上京した時、北海道東京事務所で、詳細は分からなかったが基地のようなものを作るための接収という話を聞いた。明治三十五年頃、はじめて鉄道敷設が問題になった時、汽車が通ったら魚がいなくなると反対したため、線路が通らなくなったと後悔した話が頭にあったので、本格的な米軍基地が出来るなら検討すると話したことがあったと答えている。

二、正式通達――昭和二十八年十月二十四日。その後、新聞やラジオなどで報道された。

三、使用目的――調査の結果、基地ではなく上陸用舟艇も使用する演習地であることが分かった。日高門別、北見紋別、白糠も候補に挙がっていたが、日高門別は全道的な反対運動があって棚上げ、大津に白羽の矢が立った。

四、接収場所――湧洞川と大津川を結ぶ八・九㎞に渡る海岸線とそれに面する海域二十八㎞四方とその背後の約五千町歩。(✪町歩って調べてみた。約一haでいい？　思わず計算しちゃって背後の土地って札幌ドーム九百個以上。それに二十八キロ平方の海でしょ。分かんないくらい広い！)

五、使用方法――年二、三回。一回の日数は、三～五日。網などの被害は日本政府が補償。

六、村の対策――十月三十日・十一月十六日に臨時議会開催。

▽村長の議会報告―漁業に致命的な打撃を受け、土地は荒廃して農業は潰滅、大津村の存立すら危ぶまれるため、接収には絶対反対しなければならない。これに村議会も賛成して、全面的な反対運動をすることを決議した。村長はじめ、大坂議長、堺漁協組合

長、黒井農民同盟委員長が関係機関に陳情することを決定。
▽十一月二十日――第一回接収反対村民大会開催。
▽十二月二日――第二回村民大会開催。
村民四百名参加。村議会議員・団体の長・各行政区の区長などで「駐留軍演習場設立反対実行委員会」設置。
①大津村百二十年の伝統と先駆者の偉業を破壊する。
②産業の一大総合計画を根底より覆す。
③交通網は完全に遮断され、事実上の分村となる。
④平和秩序と教育体系、特に青少年教育を攪乱させる。
以上の反対理由で、全員「死」を以って反対するという決議文を採択した。

(✪カッコいいね。「死」を以て反対。

十二月って寒い頃でしょ。それに、年末の仕事やクリスマス、あったかな、その頃？　お正月も近いのに、みんながすごい勢いで陳情書を出したり、近所の町にお願いに行ったり、青年団の人は帯広まで署名運動に出掛けたりしたの。だんだん運動が広がって、北海道のあちこちから激励の文書などが来て、村の人たちは励まされたのね。

じいちゃん、神田助役って覚えてる？　反対実行委員会事務局長だったんだけど堺委員長はじめ四十人もの村の人たちを札幌まで連れて行って陳情を続けたんだって。村の人たち、偉い！）

じいちゃん、出掛ける時間が来たから、出来たところまで送るね。続きをお楽しみに！

佳奈より

三日後、Cメールで待ち合わせ、佳奈が送ったレポートを読んだ燎は、合併の資料も一緒にコピーを取り、原版を佳奈に返しながら言った。

「うん、いいね。佳奈の感想を入れたのもいい。なんか、読んでも元気が伝わってくる。言葉の意味とかも調べたの？」

「うん、海域とか議会のこととかも全然分からなかった。ドーム何個とかも合ってるか分かんないけど、面白かったよ。まだ、書いてないけど、調達庁って初めて聞いた名前だけど、戦争で負けた後の米軍の下請け会社みたいなところだなあって思った」

「そうだな。それが防衛省と合併して今の防衛施設庁になった筈なんだ。そこら辺は、じいちゃんの方がよく知っているかもしれないな」

「それよりお兄ちゃん、図書館のネットでね、いろいろ調べてたら、昭和二十九年だから今から六十年前の外務委員会の陳情書とか出てきたの。今豊頃町は中川郡だけど、その頃の大津村は十勝郡だったんだね」

佳奈はノートを開いてメモを確かめながら、「『駐留軍演習地接収に関する陳情書』第何号とかで、堺組合長や広尾町長真岩英松とかもあった。同じ時にね、社会で習った『第五福竜丸事件関係者の利益擁護に関する陳情書』というのも静岡から出てたんだよ」

と、少し興奮気味に言った。

「へえ、そんなのも出てきたのか。アメリカの水爆実験の時、被曝した久保山さんって言ったかな。この事件から原水爆禁止の運動が始まって、今もずっと世界大会というのが続いているんだ。俺もこの事件について、ゼミの先輩に誘われて勉強会に行ったとき、詳しく聞いたんだ。へェー、よく調べたね。どんどん調べて書いてあげると、おじいちゃんはその頃の別のことも思い出すかもしれないな。これはどうかな」

燎が出したコピーには、北海道農民同盟「同盟情報」（昭和二十八年十二月十日　第五五五号）と書かれていた。

「佳奈の第一号にも激励に励まされたって書いてあったけど、この団体はね、大津に文書だけでなく人も派遣したみたいなんだ。

これは、ガリ版印刷と言って、鉄筆という硬いペンのようなもので、やすりのついた板の上に蠟を塗った紙を載せて、ガリガリ音をさせながら字を書いたんだって。うちのじいちゃんに聞いたんだけど、その上をインクを付けたローラーでこすると、字のところだけインクが下の紙に浸みて、こんな風になる。

じいちゃんの手伝いが終わったら文字印刷の歴史なんかも調べてみると面白いかもな」

そのコピーには「外務省の秘密交渉による内定が大津村民を怒らせた」とか「婦女子もタスキをかけて道会陳情」とか見出しやカットも入って、ところどころ読みづらいところもあったが面白そうだった。

「その派遣された人が書いたのかな。後で読んでレポートするね。

青年だったじいちゃんが事件のことをよく覚えていない理由を考えたんだけど、接収される場所を地図で見るとね、大津は海岸に沿って細長い村なのね、じいちゃんの住んでた所は大樹と合併した所だから、情報も届かなくて、きっと帯広での青年団の署名とかにも行ってないと思うんだよね」

「そうかもしれないな。それにしても佳奈、だんだん大津事件の研究者みたいになって来たな。その研究者さまにもう一つ飛び切りのいい資料があるんだ。ほら、これ！

当時の施設分科委員会という所の資料と二十九年一月十四日付で当時の北海道知事、田中敏文宛ての調達庁長官からの文書の写しだ。これも一緒に調べてみるといい。文書は日本側代表と米側代表の連名だ。この中の地図には英語も出てくるぞ」

「ヒェー、辞書引かなきゃ。でも、お兄ちゃんと調べていると、なんか楽しい。じいちゃんも第一報見て、よく調べたって誉めてくれた。まあ、町史丸写しみたいなもんだけどね」

「まあな、それでも、今まで聞いたこともない世界だろ。その調子でガンバレ！」

佳奈は、張り切って、それからも空いている時間の大半を図書館で過ごした。

寄り道をして、佳奈が国道12号線の下を自転車でくぐった時、ちょうど大麻駅から図書館に通じる近道の階段を燎が下りてきたところだった。

「オッハー、いっつもここから来るの？」

自転車を降りて上り坂の両側を見ながら並んで歩く。

「そうだよ。佳奈もこっちからか？」

「ううん、いつもは国道から。初めて下くぐってみた。道路下のトンネル、かっこいいね。歩道もなんか昔のトーチカみたいにどっしりしてて。それに両側が大きな森みたいで涼しいいし」

「へえー、トーチカなんて知ってるのか」

「雑誌の写真で見たことあるし、じいちゃんと一緒に行った十勝の海岸にもあったよ。砂浜に飛び出して落っこちそうなのもあった。兵隊さんたちが作るのを、近くの人たちは馬で砂利運びをしたりして手伝ったんだって。あー！」

「何だ、いきなり大声出して」

佳奈は、額に汗をかきながら、自転車を押している。

「トーチカ作ったのは、終戦の前の年って言ってたから昭和十九年？　一九四五年は昭和二十年、第二次大戦の終わりって丸暗記してたけど、トーチカ作った次の年に、戦争が終わって、その十年後くらいに大津でこんな問題が起きてたんだ」

燎は、しばらく考え込んでいる佳奈の表情を眩しそうに見た。

「そうだ、突然話飛んでしまいますが、お兄ちゃんに別件報告があるの。

小三の頃、じいちゃんちの鳩時計をねだって横取りしたのね。その時計の電池が切れたので、お父さんが取り替えようとして、椅子の上から落っことしたの。電池を入れ換えると時計は動き出したんだけど、鳩のポッポちゃんが顔を出したままで引っ込まなくなってね」

「こわれちゃったのか」

「もうずいぶん使っているから仕方がないねってそのままかけておいたの。そしたらね、日曜日の朝九時に九つ鳴いたの。直ったって、家族みんなで喜んで、時計の下で『頑張ったね』とか、『偉いね』とか、一緒になって鳴いてみたりしたんだけど、十時も十一時も鳴かなかったの。それでも時間になったら、時計の下で『頑張れ！』とか『お願い声出して！』とか面白半分もあったんだけど、妹と声をかけてたのね」

「暇だな、二人とも」

「忘れた頃に『ポッポ』って聞こえて飛んで行ったら一時だったの。それから奇跡のように元に戻って、普通に鳴くようになったんだよ。不思議でしょう。優しい声で、夜中に鳴いても邪魔にならないかわいい子なの」

佳奈は自転車を押しながら楽しそうだった。

「佳奈もポッポに負けずかわいい子だぞ」

「うん、その通り、なんちゃって。ところで、お兄ちゃんはどんな勉強してるの」

「オットー、そう来るか。医大は受からなかったから、お医者さんにはなれなかったけど、心理学とか社会福祉とかそんなところだな」

「ふーん、何屋さんになるの？」

「まだ、しっかり決めてないけど、最近いろいろ事件があるだろ。子どもや年寄りの虐待とか、ブラック企業問題とか、変な薬飲んで事故とか無差別殺人とか。急に増えてきたのは個人のせいかなって思うんだ。

一番深刻なのが、ご飯もろくろく食べられない子どもがいるし、奨学資金借りても返せない。社会に出る前からすごい借金背負ってるっておかしくない？　経済的な問題で進学諦めたり、中途退学しなければならない子がどんどん増えてるんだ。佳奈みたいに自分で行かないのは別だぞ」

「痛ー、そんなに力入れて言わなくたって。でも、そうだよね。この頃新聞も読むようになったから、私なんか贅沢だなって思う。

最近ね、家では、言葉には出さないけど、何だか学校なんて行けるのにっていうか、何でたかが学校くらいに行けないんだよ、普通に行ってくれればいいのにって思っているのがじわじわ押し寄せてくる感じで、私なんでこんな破目に陥っているのかなあって思う時ある。でも、もう戻りたくはないの」

「今はそういう家族や障がいを持つ家族とか、困っている人の相談に乗る仕事をしたいと思ってるけど、まだ確定はしていないんだ」

「そうなんだ、もしそういう人になったら、悩める少女を助けて下さい。ん、私、悩んでないか。あら、もう着いちゃったね」

《じいちゃんへ》

その後、調子はどうですか?

こっちはみんな元気だよ。

町史の続きを書こうと思ったら、新しい資料が見つかったの。農民同盟って知ってるでしょ。そこが出した資料のことを書くね。

今回は箇条書きじゃなく、会話的に。

♥佳奈の演習地問題レポート♥ No.2

この資料の中では、初め外務省が一方的に決めたと村の人たちは思っていたけど、米軍が一番欲しかったのは日高門別の方で、大津を勧めたのは北海道の方だって分かったの。仕方なく米軍も調査してOKサインを出したって書いてある。

ここでは第一回目の大会で「死」を賭してもと、吹雪の中三百人が集まって、第二回目は十二月三日になってるけど、村民が四百人、地区労、北教組、応援の議員や団体の農漁民、労働者とかが二百人くらいで、集まったのは六百名になってる。

激励の挨拶や今後の運動についての方法を考えたみたい。「涙なくしては見られぬ場景」が続いたって。(✪こういうこと、村史にはほとんど書いてなかったよ)

村長たちは先に中央陳情に行った報告をして、午後三時にやってくる外務省や調達庁、道庁の役人に反対の声を聞いてもらうつもりだったけど「売国奴!」「大津の死刑執行人！」「甘言を以ってだまそうとしても吾々は反対するだけだ」って叫ぶ村民の声に迎えられて、やって来た十五名はびっくり仰天だっただろうね。だって、北海道が推薦してるから賛成してると勘違いして保安隊のジープに守られながらやって来たって言うんだもの。

議長が止めるのも聞かずに、ヒビやアカギレの手を外務省の篠浦事務官の前に突き出して迫る開拓者。「この手を見てくれ、こんな手になって開拓した苦労の汗がしみ込んだ大津、我が子の如く愛して来たこの土地を演習地にされてたまるものか」「私は、この大津で生まれました。先祖もこの土地で眠っています。みんなが楽しく暮らして来た大津を助けて下さい」と手を合わせて拝む老婆（✪って書いてる）大事な土地や海をとり上げられたらどうやって生活すればいいのか、青年や子どもたちの将来はどうなるのかとお母さんたち、学校の校長先生も教育に指針を失ってしまうと怒っているの。（✪一号の時は、まとめたことに満足というか、お話に感動したというか、ちょっと浮わついたような書き方だったたって反省してる。

あれからいろいろその当時の本を読んだの。佳奈たちはテストでいい点数を取るためだけの勉強しかしていなかったなあって思った。

じいちゃんは戦争には行かなかったって聞いたけど、同じ年の人で志願して行った人もいたんだよね。社会で習った終戦というのはその戦争が終わった時で、その後マッカーサーの米軍が乗り込んできて、それから十年近くの間にじいちゃんのいた村でこんな事件が起きてるんだって思った。ずっと昔のことじゃなかったんだって、しみじみ考え込んじゃったよ——真面目な佳奈！）

役人側は、村民の見幕に一言も話せずに、村に一軒しかない旅館に電話で、泊めてって頼んだけど「一人一部屋などこの村に泊められる旅館はありません」って断られて、スゴスゴ十勝川温泉まで行ったって。多分道もよくなかっただろうから夜に着いたんじゃないの。（✪いい気味！）

作戦を練って数日後大津に戻った篠浦事務官（✪内灘・妙義演習場を鬼のような行為で接収した人って書いてある）達は、反対運動を切り崩そうとしたけど、その余地なしだったの。困った道庁は、労働組合とか共産党が工作（？）したように言いつくろったけど、村にはそんな団体はないということに驚いて、道庁に寄らずに、真直ぐ東京に帰って行ったって。

町史にあった四十名（ここでは四十四名）の陳情団の中には、長い狩勝トンネルを通る汽車に初めて乗ったような子ども連れの「婦女子」が十四名もいたの。この人たちにたすき掛けで「おねがいします」って訴えられたら、誰でも心を動かされるよね。

たくさんの人たちの応援があって、昭和二十八年暮れの十二月二十四日、ついに道議会が接収反対の決議をしたの。（✪やったね。何だか自分も参加してたみたいに嬉しくなった）

今日はこのくらいで。また書くからね。

追伸　この資料は、集会に参加していた人が書いたと思うし、カットなんかもあるから原文もコピーして送るね。やっぱり本物の臨場感には敵わないと思うので。（✪ん？　難しい言葉知ってるなって？　一応高校生ですから、フフフのフ）

ごきげんよう　さようなら　　　佳奈より

最初に図書館で会ってから十日程過ぎた日の朝早く、燎は佳奈のメールを受け取った。今日か明日、どこかで会えないかという内容だった。一講目が終わってから三時くらいまで空いていると返事すると、じいちゃんの軍資金で一緒にご飯を食べようと言ってきた。そして、折り返し十一時半の待ち合わせで、札幌駅近くのレストランの住所を書いてきた。

燎は、これまでの集合場所がいつも図書館だったから何かあったのかと気になりながら、授業後、指定場所に急いだ。

八階のレストランは、洋風の黒ずくめで、仕切りがあって、通る人は見えるが中は落ち着いて話ができる所だった。

「どうした？　何かあったのか？」

「そろそろ終わりに近づいたし、じいちゃんの軍資金はコピー代くらいしか使わなかったから、ずっと付き合ってくれたお兄ちゃんへのお礼と、少し話したかったから、呼び出したの。大丈夫だった？」

「うん、俺も休みとかバイトしてるし、小っちゃい時から、佳奈の兄ちゃんなんだから、そんな気は使わなくていいんだって」

「ご馳走したいんだもん、いいじゃん」

「分かった。じゃあ、好きなものとって分けて食べるか」

佳奈はレポート第三号をコピーしてきて燎に渡した。

「私が見繕って注文している間に、お兄ちゃんはそれ読んでて」

佳奈の第三号トップには、仕切り直した調達庁長官が「新要求」として、年明けの二十九年一月六日「施設分科委員会演習地陸上委員会資料」を添付し、その内容で早く接収を具体化するよう勧告する調達庁から北海道知事宛ての文書について書かれていた。

《変更点》

▽使用土地面積及び水面制限範囲（地図添付）――四五〇〇町▽使用目的――歩兵部隊、車両装甲車の上陸演習▽所有地――国有・公有・民有地▽使用期間――無期限。
《細目》
▽海岸――小爆破・模擬砲射撃・機雷演習
▽使用期間――三月～十一月間九回、一回五～七日▽住家・耕地は演習地から除外する。ただし、耕地の追加は認めない▽輸送地から海岸までの船路を八本指定（位置設定）▽演習中は海域に入ること、漁業従事は禁止▽四固定網には六尺の高さで色違いの旗を掲げること▽網に対する損害は日米とも補償しない▽演習の十五日前に日本に通告する▽米軍の演習地内の通路等の建設を認める▽その他、演習地内に通過道路一本のみ指定、防霧林は保存する等。
変更点は、佳奈流の表現で祖父宛にレポートされていた。

渡したコピーにはなかった筈の、北海道内の他の接収地の情報（千歳周辺、江別、札幌周辺、滝川、上富良野、倶知安、安平・早来周辺、鹿追・士幌、鹿部・函館）など決定済み、折衝中など独自で調べたものも書かれていた。

燎は、佳奈が座を外している間、小声で続きを読み上げ始めた。

✪頭に来るでしょ。これを見た村民は怒り頂点よ。アレ、心頭か。ますます国会への陳情も激化。北海道議会からも陳情が出てきたし、米側はもともと乗り気でなかったから「古い伝統と歴史ある大津村が、開村以来の出来事として大きく村を動かし、村民の血を沸かせたこの演習地問題もここに全く終止符を打ち、やがて平静の明るさと落ち着きを取り戻し、平和な村に立ち返ったのである（豊頃町史より）めでたし、めでたし！

良かったね。じいちゃん、予定通り接収されていたら、佳奈、じいちゃんの孫に生まれていたかどうかも分からないでしょ。

電話で話したように、三本のレポート書くのにすごく勉強したし、本もたくさん読んだ。とっても大切なことなのに、今まで単語でしか知ろうとしなかったことに気が付いた。以上でレポート終了！

軍資金もたくさんありがとう。じいちゃん。身体大事にして長生きしてね。膝、痛くなったら、ゲートボールも頑張って。

佳奈より

微笑みながら最後まで読み終えた燎は、佳奈が戻って来るまで何か考え込んでいた。

食事を挟んで、佳奈が話し始めたのは、今回のことを通じて知った学習することの楽しさだった。これまではしなければならないもの、言われたからするものだったし、本を読むのは好きだったが、それも自分で選ぶというより、みんなが読んでいるもの、親から与えられたもので、誘われると映画やコンサートにも行ったが、それも自分の意志ではなかった。

「じいちゃんとお兄ちゃんのお蔭で、勉強の面では私、大人になった気がする。ほんの少しだけど」

「そうか、頑張ったものな」

「お兄ちゃんが教えてくれた『プランゲ文庫』の占領関係の資料も見たよ。農民同盟の資料の続きがないかと思って。それは探せなかったけど、占領軍がどんな資料を集めていたのかが分かった」

「際どいのもあったろ。戦争が終わった後、政治犯と言われた人たちを一度解放したけど、レッドパージって習ったか。あんまり急激にソ連寄りになっては困るとアメリカがいろいろ資料を集め出したんだ。俺も、先輩に教えて貰ったんだけど」

「調べたいことがたくさん出てきたの。占領した米軍が、日本がまた反撃しないようにあちこち接収して監視するのは少し分かる。大津は結局米軍が諦めてくれたから良かったけど、七十年近くもあちこち地元の人が困っているのに、そのまま基地が残ってるのとか、沖縄みたいに兵隊さんより島の人がたくさん死んでしまうような、それもお互いに殺し合ったり自殺したり、親が子どもを殺したり、日本の兵隊さんに沖縄の人が殺されたり、分かんない。何で戦争中大変な思いをした小さな島にあんなにたくさん基地があるのか、もう負けることがはっきりしているのにどうして戦争を続けたんだろうとか。沖縄戦で生き残った人の書いたものを読んで、涙があふれて眠れなかった。今すぐにでも、疑問を自分で調べたいと思った。そういうことをお兄ちゃんに話したかったの」

「うん、分かった。すごいな。佳奈の勢い。三号には自分で調べたことも書いてあったな。北海道で接収予定になっていた所とか」

「うん、それにお兄ちゃんの資料に地図があったでしょ。英語も解読したよ。滑走路とか、舟の出入り口も決めてあった。ＦＯＧ　ＢＲＥＡＫって言うのが分からなかったんだけど、防霧林のことでしょって教えて貰った。これまでになく、真面目に調べたよ。こういう勉強なら面白いけど、学校のはね」

燎の大学に戻る時間まで、その後もほとんど会話を仕切っていたのは佳奈だった。

「俺も話したかったことあったけど、もう時間なくなった。明日、図書館に行くか?」

「ごめんね、一人で話して。明日も行くよ。ここは、私の奢りだから、早く行って!」

翌日は、今にも降りそうな天気だったが、佳奈はいつものように自転車で出掛けてきた。もう、ナナカマドの実も葉っぱも真っ赤になって、行き交う高校生や酪農学園に通う学生の服装もすっかり初冬の雰囲気になっていた。

閲覧室で、夢中になって本を読んでいると、両肩をコリコリ揉まれて飛び上がった。

一階の談話室には誰もいなかったので、大きな集合材の丸太を半割にして刳りぬいた椅子に二人で並んで座った。

「昨日はご馳走さん。考えてみると、懐はじいちゃんの軍資金がなくても佳奈の方が、あったかそうだから、今回は遠慮なく、ご馳走になることにした。佳奈が話している間、ひたすら食べてたから、久しぶりにレストランの味を堪能した」

「どういたしまして！　奢るのって結構いい気分。それはそうと、昨日、帰り際に言ってた話って何？」

「うん、佳奈の今後のこと、話そうと思ってたんだ。学校に行かない結論は変わらないらしいけど、その後どうするか考えたのか。じいちゃんの宿題は頑張ったけど、しばらく佳奈のこと見てたら心配になってきた。バイトのうちはいいけど、やっぱり中卒では本気で社会に出ると、現実は厳しいぞ。それは俺についても言えることだけど」

「うん、それも少し考えた。お兄ちゃんのフォローがあったからだけど、調べることの楽しさのようなことが分かった気がする。押し付けられる勉強より、自分で調べる方が私には合ってる気がするの。通信制の高校はいろいろあるよ。有朋高校とかＮＨＫ学園、途中転校を受け入れる学校も結構あるみたい」

「そうか、調べてるのか。中学生みたいにあっけらかんとしてる感じだから、心配してたんだ。この図書館の近くなら、向かいの高校も通信制やってるぞ。佳奈の好きそうな農業実習もあるし、図書館にも近いし」

「ありがとう、そんなことまで調べてくれたんだ。嬉しい。ここでお兄ちゃんに会えてよかった。今の仕事はもう少し時間増やして続けながら、自分なりにやってみるつもり。ただ、絶対的に遅れている教科がこなせるかだよね」

「そうだな。でも、安心した。友達で家庭教師やってるのがいるから、佳奈はせっせと稼いで困っている学生を援助してやってくれ。少し割引してくれるように頼んでやるから」

「うん、数学、特にね」

それから、と燎は少し言いよどんだ。

「偉そうに兄貴風を吹かせていたけど、お兄ちゃんの仕事も終わりそうだから、最後に謝っておく」

「はっ、最後にって？　何を謝るの？」

「佳奈に偶然会って懐かしかったのはいいけど、実は、最初からじゃないけど、下心があった」

下心という言葉を聞いた佳奈の表情が一瞬変わった。

「佳奈が不登校って分かって、助けてやるって言っただろ。あれからときどき会って、ずっと佳奈のこと観察してたんだ。気が付かなかったか」

「特に。お兄ちゃんはお兄ちゃんでしょ」

「ごめん、実は佳奈を俺のレポートのネタにしてたんだ。コピー取ってたのもそのため。なかなかのレポートができそうだぞ。後でちゃんと見せるから勘弁してくれ」

そう言いながら、燎は深々と頭を下げた。

「エー、本心からのアドバイスじゃなかったってこと？　エー」

「ゴメン！　全く気が付かなかったか？　相談支援っていう課題のレポート出さなきゃならなくてさ、ネタ探しに来てたところへ、飛んで火に入る夏の虫って奴」

「エー、私、エーばっかり言ってるね。ま、いっか。ほんとに相談も援助もしてもらったし、楽しかったもん。でも、もう終わったからさようならってこと？」

「いや、お兄ちゃんを辞めるってこと。十勝のじいちゃんに佳奈のこと頼むって言われた」

「えっ、じいちゃんにって、なんで。なんでじいちゃんを知ってるの？」

「もう、みんな言っちゃおう。一回目の佳奈のレポート見た後、これで俺のレポート書こうって決めて、佳奈のお父さんに面会申し込んだんだ。こんな大事なことを冷静に娘に判断を任せる親なんてどんなもんと思ってさ。そして、いろいろ聞いたら、『二万円と大津事件』の調査は、佳奈の父さん母さんから相談を受けた、じいちゃんの仕掛けだったんだよ。佳奈の向学心刺激のためのさ」

佳奈は呆気にとられてしばらく沈黙していたが、いきなり燎の背中を両手でバタバタ叩きながら大きな声を上げて笑い出した。涙を拭きながらしばらく笑い続けていた佳奈は、私も鳩時計みたいだね、と呟くと背中に顔を伏せたまま、声を出さずに泣いているのが燎には分かった。

燎は、ゴメンな、みんな佳奈のこと大事に思ってるんだぞ、と言いながら、肩に置かれた佳奈の腕を優しくさすっていた。

## あとがき

昨年は戦後七十年目の年でした。その敗戦間近の一九四三年、私は、北海道空知管内の沼田町白採真布《シラトリマップ》という山間の小さな学校住宅で九人兄弟の八番目として生まれました。父が校長兼教諭兼小使いさんで、母が父の留守中助教員という全校生徒三十名が一つの教室で勉強する単式校で、住宅は廊下続きでした。トイレに行くときは、母の首にしがみついて「泣いたら爆弾を落とされるから」といわれ、怖い学校のトイレに行ったそうです。

敗戦の翌年、父は教員をやめ近くの農地を買い、農業を始めました。戦争から戻った四人の兄姉を含む十人の家族の食料確保に加え、戦後教育との矛盾も大きかったと思います。

その後深川市メムの稲作地帯に転居、深川西高までは深川で、現在の旭川教育大学を経て、十勝で教員になりました。

この本は、一昨年、空知の美唄市に転居するまでその大半を過ごした大樹町で、文学の好きな人たちと「樹影の会」というサークルを作り、三十代後半から書き始めたものを含む短編集です。

昭和四十年代は、手書きの原稿を青焼きでマスプリすることから始まって、当時の高校の国語の先生に批評をお願いしたりしながら、多くて十人位の子連れサークル活動が始まりました。

Ⅰは書き初めのころの作品で、表題の「淡雪の解ける頃」は、書きたくてチラシの裏に走り書きしながら作った初めての創作らしいものです。舞台は、一八九五年（明治二十八年）、旭川市に設置された第七師団隊員たちの二階建ての古い宿舎跡を転用した女子寮や当時の学生たちを描いたものです。

Ⅱは全国誌である月刊の『民主文学』に載ったもので、舞台はすべて四十七年間暮らした十勝大樹町です。

Ⅲの「日方の渡し」は、アイヌ女性の船頭さんの写真と裏に書かれた「渡船人　土人女ハナ」という文字を見た時、「私の人生―正子さんの場合」は、直接話を聞いた時、「鳩時計」は、一九五三年（昭和二十八年）頃、大樹と地続きだった大津村（今の豊頃町・浦幌町）が、終戦後の沖縄と同じように、米軍に接収されようとした資料を見た時、それぞれ心に残る題材でした。

どんなふうに表現すれば多くの人に読んでもらえるのかと考えました。必ずしも成功しているとは言えませんが、若い方にも知ってほしいと思って書いたものです。
初めて投稿した大樹町の文芸誌「樹」には、一九八三年の十四号から今年三月発行の四十七号まで、五回を除いて町民でなくなった今も投稿しています
九年間の教員生活、二十四年間の自治体議員としての活動、その後の介護事業所での経験など、まだまだ書きたいことがたくさんある筈なのですが、書く速度が極端に落ちてきていて、もしかすると間に合わないかもしれないと、一冊目を作ることにしました。
明日の命は誰にも分からないものですが、七十歳まで働いたので、元気なら自分へのご褒美に、あと二冊は頑張ろうと思っています。

小中学生の頃、学校を巡って歩く教育映画というのがありました。六年生の時、壺井榮の書いた『二十四の瞳』という白黒の映画を見ました。

私の感想文を読んだ校長先生に呼ばれて校長室に行くと、自らの書いた『からす』という題の短編を読んでくれて「あんたは将来こういう小説が書けるようになる。図書室にある本をたくさん読んで、本を出せるように頑張りなさい」と言われました。

だからというわけではありませんが、いつ起きるかわからない特発性の心室細動と仲良

くしながら、入退院のたびに協力してくれた夫と子どもたちに、これ以上心配をかけないように気をつけながら書き続けたいと思っています。

編集を担当してくださった「民主文学館」の北村隆志様、お忙しい中、適切なアドバイスをありがとうございました。

二〇一六年六月

にしうら妙子

# 初出

| | | |
|---|---|---|
| **Ⅰ　青春** | | |
| 淡雪の解ける頃 | 大樹町文芸誌『樹』 | 一九八八年七月 |
| 土鈴 | 〃 | 一九八五年七月 |
| ゆずり葉 | 〃 | 一九八六年七月 |
| さとうきび畑 | 〃 | 二〇〇三年三月 |
| **Ⅱ　十勝大樹町** | | |
| 桐子の門 | 『民主文学』 | 二〇一二年七月 |
| 夕映えの街で | 『民主文学』 | 二〇一二年九月 |
| 冬子さんとのこと | 『民主文学』 | 二〇一三年一月 |
| **Ⅲ　残影** | | |
| 日方の渡し—一枚の写真から | 大樹町文芸誌『樹』 | 一九九九年三月 |
| 私の人生—正子さんの場合 | 〃 | 二〇一四年三月 |
| 鳩時計 | 『民主文学』 | 二〇一五年四月 |

**にしうら妙子**

北海道空知郡沼田町生まれ
深川町立菊水小、深川中、深川西高等学校卒業
北海道学芸大学旭川分校を経て十勝の小中学校勤務
大樹町で自治体議員　介護事業所代表
大樹町文芸誌『樹』元編集委員長
現在　美唄市在住
著書『３人・３才！孫っちばなし』

民主文学館

---

淡雪《あわゆき》の解《と》ける頃《ころ》
2016年9月25日　初版発行

著者／にしうら妙子
編集・発行／日本民主主義文学会
〒170-0005　東京都豊島区南大塚2-29-9　サンレックス202
TEL 03(5940)6335
発売／光陽出版社
〒162-0811　東京都新宿区築地町8
TEL 03(3268)7899
印刷・製本／株式会社光陽メディア

ISBN978-4-87662-599-4 C0093

---